dtv

Diese ganze altmodische Poesie solle man auf den Misthaufen werfen und nach vorn blicken, meint Charles Bukowski. Ein Gedicht muß von Sinn und Mitgefühl erfüllt sein, und jeder muß es verstehen können: der Mann auf der Straße und die nette Nachbarin von gegenüber auch. – Hart und realistisch und »schmutzig« sind Bukowskis Gedichte. Sie erzählen Alltagsgeschichten, Sexgeschichten, Saufgeschichten, Geldgeschichten. Und in jeder von ihnen findet man eine zarte Zeile Poesie.

Charles Bukowski, am 16. August 1920 in Andernach geboren, seit dem zweiten Lebensjahr Einwohner von Los Angeles, begann nach wechselnden Jobs als Tankwart, Schlachthof- und Hafenarbeiter (und natürlich als Postmann) zu schreiben. Er starb am 9. März 1994 in San Pedro/L. A.

Charles Bukowski

Nackt bei 33 Grad

Gedichte

Herausgegeben und übersetzt
von Carl Weissner

Deutscher Taschenbuch Verlag

November 2005
Deutscher Taschenbuch Verlag GmbH & Co. KG,
München
www.dtv.de

Der vorliegende Band enthält sämtliche Gedichte aus:
›Die Girls im grünen Hotel‹, ›Pacific Telephone‹

›Die letzte Generation‹ (von Carl Weissner getroffene Auswahl aus dem Band
›War All the Time. Poems 1981–1984‹)

Umschlagkonzept: Balk & Brumshagen
Umschlagbild: ›The Pause that Refreshes‹ (1967) von Mel Ramos
(© VG Bild-Kunst, Bonn 2004)
Gesetzt aus der Gill Sans 10/12˙
Gesamtherstellung: Druckerei C. H. Beck, Nördlingen
Gedruckt auf säurefreiem, chlorfrei gebleichtem Papier
Printed in Germany · ISBN 3-423-13398-8

INHALT

Die Girls im grünen Hotel

AUSSENSEITER-WETTE

Sie ist nichts für dich, Mann,
sie ist nicht dein Typ. Sie ist
ramponiert, sie ist verbraucht,
sie hat lauter schlechte An-
gewohnheiten, sagte er mir
zwischen zwei Rennen.

Ich setze auf die Nr. 4,
sagte ich. Weißt du, ich
stell mir halt vor, ich kann
sie vielleicht ändern. Sie
retten, sozusagen.

Du kannst sie nicht retten,
sagte er. Du bist 55, du brauchst
was fürs Gemüt. Ich werde
auf die 6 setzen. Du bist nicht
der Typ, der sie retten kann.

Wer soll's denn dann tun? fragte
ich. Ich glaube nicht, daß die
6 eine Chance hat. Ich halt
mich an die 4.

Die braucht einen, der sie quer
durchs Zimmer prügelt und sie
in den Arsch tritt, sagte er.
Sollst mal sehn, wie dankbar
sie dafür ist. Sie wird zu Hause
bleiben und das Geschirr spülen.
Die 6 mischt vorne mit.

Weiber verprügeln ist nicht
meine Stärke, sagte ich.

Dann vergiß sie, sagte er.
Fällt mir aber schwer, sagte ich.

Er stand auf und setzte auf die 6
und ich stand auf und setzte
auf die 4. Das Pferd mit der Nr. 5
siegte mit 3 Längen, bei 15:1.

Sie hat rote Haare, sagte ich.
Wie Blitze aus dem Himmel.

Vergiß sie, sagte er.

Wir zerrissen unsere Wettscheine
und starrten auf den See, den
der Regen mitten auf dem Renn-
platz gemacht hatte.
Es sah nach einem
langen Nachmittag
für uns beide aus.

VERSPRECHEN

Sie beugte sich über den Bett-
rand und klappte die Bildermappe
auf, die an der Wand lehnte. Wir
waren am Trinken.
Sie sagte: »Diese Bilder da
hast du mir mal versprochen,
weißt du nicht mehr?«
»Was? Nein. Nein, ich kann mich
nicht entsinnen.«
»Doch, hast du«, sagte sie, »und
deine Versprechen solltest du
auch halten.«
»Laß die verdammten Bilder in
Ruhe«, sagte ich.
Ich ging in die Küche, um mir
ein neues Bier zu holen, über-
gab mich kurz, und als ich
wieder reinkam, sah ich durchs
Fenster, wie sie draußen den
Weg hochging zu ihrer Wohnung.
Sie hatte es offenbar eilig,
und auf dem Kopf balancierte sie
meine 40 Bilder:
Ölfarben
schwarz-weiß
Acryl- und
Wasserfarben.
Einmal stolperte sie und wäre
fast auf den Arsch gefallen.
Dann rannte sie die Treppe zu
ihrer Wohnung hinauf, mit all

diesen Bildern auf dem Kopf, und
verschwand durch die Tür.
Es war ein selten komischer
Anblick.
Naja, dachte ich, jetzt
muß ich eben 40 neue
malen.

HÄNDE WEG VON DEN GIRLS

Sie ist oben bei meinem Arzt
und will sich Schlankheits-
pillen verschreiben lassen.
Sie ist nicht zu dick, sie
hat es nur auf Speed abgesehen.
Ich geh die Straße runter,
in die nächste Bar, und warte.
Es ist Dienstag, nachmittags
halb drei.

Außer mir ist nur noch
ein Mann in der Bar. Sie haben
eine Oben-Ohne-Tänzerin,
die sich verrenkt wie ein Affe
und sich dabei im Barspiegel
betrachtet. Schwarzes Haar.
Koreanerin.

Sie ist nicht besonders gut.
Sehr dürr und eindeutig.
Sie streckt mir die Zunge heraus,
dann auch dem anderen Gast.

Müssen wirklich schwere
Zeiten sein, denke ich.

Ich trinke noch einige Biere,
dann stehe ich auf.
Sie winkt mich zu sich her.
»Du gehst?« fragt sie.

»Ja«, sage ich. »Meine Frau
hat Krebs.«

Ich schüttle ihr die Hand

Sie zeigt auf ein Schild, das
hinter ihr über der Bar hängt:
HÄNDE WEG VON DEN GIRLS.

Sie zeigt darauf und sagt:
»Da steht Hände weg von
den Girls.«

Ich gehe zurück zum Parkplatz
und warte dort weiter.
Sie kommt heraus.
»Hast du die Pillen gekriegt?«
frage ich.
»Ja«, sagt sie.
»Na, dann hat sich der Tag ja
gelohnt.«

Ich versuche, mir die Tänzerin
in meiner Küche vorzustellen.
Es geht irgendwie nicht. Nein,
ich werde genauso allein
sterben wie ich gelebt habe.

»Fahr mich nach Hause«, sagt sie.
»Ich muß mich umziehen für meinen
Kurs an der Abendakademie.«

»Klar«, sage ich und fahre sie
hin.

SONNENBRILLE

Ich setze mir sonst nie
eine Sonnenbrille auf, aber
diesmal hatte die Rothaarige
am Hollywood Boulevard ein
Rezept einzulösen, und sie
war bissig und pampig und
nervte mich in einer Tour.
Ich ließ sie am Apotheken-
schalter stehen, sah mir die
Regale durch, nahm mir eine
große Tube *Crest*-Zahnpasta und
eine Riesenflasche *Joy* herunter.
Dann ging ich an den Drehständer
mit den Sonnenbrillen und suchte
mir das gemeinste Exemplar aus.
Wir bezahlten unsere Sachen,
gingen die Straße runter
in eine mexikanische Bude, und
sie bestellte sich einen Taco,
den sie nicht essen konnte,
und nörgelte und blaffte und
fauchte mich an. Als ich
gegessen hatte, bestellte ich
mir drei Biere und trank sie
runter. Dann setzte ich meine
Sonnenbrille auf.
»O Gott«, sagte sie. »O Gott,
shit!« Und ich sagte ihr die
Meinung – zähnefletschende
stinkende Marmelade-Salven,
Shit-Klatscher, Fürze aus der

Hölle. Dann stand ich auf und
zahlte im Rausgehen. Sie
folgte mir nach draußen. Vor
unseren beiden Sonnenbrillen
stoben die Passanten links und
rechts auseinander. Wir fanden
ihren Wagen wieder, stiegen ein,
fuhren los. Ich hockte da,
schob mir die Brille auf
die Nase hoch, riß ihr die
Wirbelsäule raus und schwenkte
sie aus dem Seitenfenster
wie eine kaputte Fahnenstange
der Konföderierten. Eine
finstere gemeine Sonnenbrille
wirkt manchmal Wunder.
»O Gott. Shit!« sagte sie
und die Sonne knallte
herunter, ohne daß ich
etwas davon sah.

Für $ 4.25 war das ein guter
Kauf. Obwohl ich *Crest* und
Joy in dieser Taco-Bude
vergessen hatte.

KANNST DIR DIE HAARE RAUFEN

Ich bin nur gekommen, sagt sie,
um dir zu sagen, daß es aus
ist. Ich mach keine Witze. Aus
und vorbei.

Ich sitze auf der Couch und
seh ihr zu, wie sie in meinem
Schlafzimmer vor dem Spiegel
ihr langes rotes Haar arrangiert.
Sie bauscht es hoch und
türmt es sich auf den Kopf.
Läßt es geschehen, daß unsere
Augen sich im Spiegel begegnen.
Läßt das Haar wieder los, so daß
es ihr nach vorn über das
Gesicht fällt.

Wir legen uns aufs Bett, und ich
halte sie, sprachlos, von hinten,
meinen Arm um ihren Hals, ich
berühre ihre Hände, ihre Hand-
gelenke, streiche an den Armen
hoch, bis zu den Ellbogen, nicht
weiter.

Sie steht auf.

Es ist aus, sagt sie. Kannst dir
die Haare raufen. Hast du hier
irgendwo Gummiringe?

Ich weiß nicht.

Hier ist eins, sagt sie. Das
wird gehen. Also, ich
geh jetzt.

Ich stehe auf und
bringe sie zur
Tür.

Im Weggehen sagt sie:
Ich möchte, daß du mir
ein Paar Stöckelschuhe
kaufst. Mit ganz hohen
Pfennigabsätzen. Schwarze.
Nein, lieber rote.

Ich seh ihr nach, wie sie
unter den Bäumen den betonierten
Weg runtergeht. Auch barfuß
hat sie einen beachtlichen Gang.
Und während die Poinsettias
in der Sonne schwitzen,
schließe ich die Tür.

EIN DUMMER PATZER MIT SCHLIMMEN FOLGEN

Ich griff in den Wandschrank
oben rein und bekam einen
blauen Slip zu fassen. Ich
zeigte ihn ihr und fragte:
»Ist der von dir?«

Sie sah kurz her. »Nein,
der ist von 'nem Hund«,
sagte sie und ging.

Seither hat sie sich nicht
mehr blicken lassen. Sie
ist nicht in ihrer Wohnung.
Immer wieder gehe ich hin
und stecke ihr einen Zettel in die
Tür. Jedesmal, wenn ich zurück-
komme, ist der Zettel noch da.
Ich schneide das Malteser-
kreuz ab, das am Innenspiegel
meines VW baumelt, und binde
es ihr an den Türknauf, lasse
einen Band Gedichte da. Am
nächsten Abend ist alles noch da.

Ich suche die Straßen ab
nach diesem weinroten Schlacht-
schiff, das sie fährt – mit
einer schwachen Batterie und
klappernden Türen, die nur noch
lose dranhängen.

Ich fahre durch die Straßen,
ein Brennen in den Augen, und
schäme mich, daß ich so
sentimental und wahrscheinlich
verliebt bin.

Ein konfuser alter Mann
der durch den Regen fährt
und sich fragt, wo sein
Glück geblieben ist.

WIEDER MAL TOTGESAGT

Eine Frau sagte es einem
Mann, den sie vom Flugzeug
abholte: Daß ich angeblich
gestorben bin.
Als nächstes brachte eine
Zeitschrift die Meldung,
ich sei tot. Dann sagten
welche, sie hätten gehört,
ich sei tot. Und dann
schrieb jemand einen
Nachruf und klagte: Unser
Rimbaud, unser Villon ist
tot. Gleichzeitig ver-
öffentlichte ein ehemaliger
Saufkumpan von mir einen
Artikel, in dem er behauptete
ich könnte nicht mehr schreiben.
Ein richtiger Judas-Job.
Sie können es nicht erwarten
daß ich verschwinde, diese
Scheißer. Well, ich höre
mir gerade das Klavierkonzert
Nr. 1 von Tschaikowskij an
und die Ansagerin hat gesagt
daß anschließend die Fünfte
und die Zehnte von Mahler als
Direktübertragung aus Amsterdam
kommen, und die Bierflaschen
stehen auf dem Boden, und die
Asche von meinen Zigaretten
sammelt sich auf meinem Bauch

und meiner Unterhose, und ich
habe meinen sämtlichen Freundinnen
gesagt, sie sollen sich zum Teufel
scheren, und sogar das hier
ist als Gedicht immer noch besser
als alles, was diese Totengräber
je schreiben werden.

HAWLEY GEHT 'NE WOCHE WEG

Dieser Kerl da,
er hat ein irres Auge
und ist braun, ganz
dunkelbraun vom Herum-
lungern an der Ecke
Hollywood und Western
und auf der Rennbahn,
er sieht mich und sagt:
»Hey, Hawley verschwindet
für 'ne Woche aus der Stadt.
Er versaut mir immer meine
Wetten. Jetzt hab ich eine
Chance.«

Er grinst, er meint es
ernst – Wenn er Hawley
aus dem Weg hat, wird er sein
Traumziel schaffen:
Das Schloß in den Hollywood
Hills, Mädchen, die ihm
was vortanzen, sechs
Schäferhunde, eine Zugbrücke
und zehn Jahre alter
Wein.

Sam der Bordellpächter kommt
vorbei, und ich sage ihm
daß ich zur Zeit auf der
Rennbahn 150 Dollar pro Tag
einstreiche. »Ich arbeite
direkt nach der Anzeigetafel«,

sage ich.
»Ich brauch eine«, sagt er,
»die es einem Typ mit der
Gürtelschnalle besorgt,
ohne daß sie mir hinterher
mit diesem christlichen
Bullshit ankommt und den
Moralischen kriegt.«

»Hawley geht 'ne Woche weg«,
sage ich.
»Wo ist der Shoe?«
fragt er.
»Reitet im Moment an der
Ostküste«, sagt ein alter
Mann, der dabeisteht. Er
hat eine weiße Plastik-
klappe über dem linken Auge,
mit kleinen Löchern drin.

»Na, dann hat Pinky freie
Bahn«, sagt der Dunkelbraune.

Wir stehen da und sehen
einander an. Dann, wie auf
ein unsichtbares Signal,
drehen wir uns um und
setzen uns in Bewegung,
jeder in eine andere
Richtung. Norden, Süden,
Westen, Osten. Jeder
ein bißchen gescheiter.

UND DEN HINTERN WISCHT ER SICH AUCH NICHT RICHTIG AB

Ich höre sie draußen:
»Tippt der immer bis
in die Nacht?«
»Nein, sonst eigentlich nie.«
»Er sollte so spät nicht
mehr tippen.«
»Kommt eigentlich ganz
selten vor.«
»Trinkt er?«
»Ich glaube, ja.«
»Gestern ist er an seinen
Briefkasten gegangen und
hatte nur ne Unterhose an.«
»Ja, ich hab ihn auch
gesehn.«
»Er hat überhaupt keine
Freunde.«
»Er ist alt.«
»Er sollte so spät nicht
mehr tippen.«

Sie gehen rein. Es fängt an
zu regnen. Einen halben Block
entfernt knallen 3 Schüsse.
Einer der Wolkenkratzer in
downtown L. A. gerät in Brand.
25 Fuß hohe Flammen schlagen
heraus und künden das
Ende an.

BIENENSTICH

Wie alle Jungs, nehme ich an,
hatte auch ich einen in der
Nachbarschaft, der mein
bester Freund war.
Er hieß Eugene, war größer
als ich und ein Jahr älter.
Eugene verkloppte mich immer
nach Strich und Faden. Wir
prügelten uns ständig.
Ich legte mich immer wieder
mit ihm an, aber ohne viel
Erfolg.

Einmal sprangen wir gemeinsam
von einem Garagendach. Eine
Mutprobe. Ich verstauchte mir
den Fuß, und er stand sauber
wieder auf, wie ein frisch
verpacktes Stück Butter.

Ich glaube, das einzig Gute
was er je für mich getan hat
war das mit der Biene, die mich
stach, als ich mal barfuß war.
Als ich mich hinsetzte und den
Stachel rauszog, sagte er:
»Das Scheißvieh mach ich fertig!«

Tat er auch. Mit einem Tennis-
schläger und einem Gummihammer.
Das machte nichts. Es heißt,
die sterben dann sowieso.

Mein Fuß schwoll auf doppelte
Größe an, und ich lag im
Bett und hoffte, ich würde
daran sterben.

Eugene wurde später Admiral
oder Commander oder sonst ein
großes Tier in der U. S. Navy
und machte ein oder zwei
Kriege durch, ohne einen
Kratzer.

Ich stelle ihn mir jetzt vor,
als alten Mann, in einem
Schaukelstuhl, mit seinem
Gebiß und einem Glas Butter-
milch ...

während ich, stark angeheitert,
Stinkfinger mache bei einem
19jährigen Groupie, das bei mir
im Bett liegt.

Aber das Dumme ist (wie bei
dem Sprung vom Garagendach):
Eugene gewinnt schon wieder
– weil er nicht einmal
an mich denkt.

MEHR IST NICHT DRIN

Da kommt der singende Fischkopf
Da kommt die Bratkartoffel in
  Verkleidung
Da kommt: Den-ganzen-Tag-nichts-zu-tun
Da kommt: Wieder-eine-schlaflose-Nacht

Da kommt der falsche Klingelton
– aus dem Telefon

Da kommt eine Termite mit einem Banjo
Da kommt eine Fahnenstange mit
  leeren Augen
Da kommen Hund und Katze mit
  Nylons an den Beinen

Da kommt ein MG und singt dir ein Lied
Da kommt verkohlter Schinken in der
  Pfanne
Da kommt eine Stimme, die etwas
  Langweiliges sagt

Da kommt eine Zeitung, ausgestopft mit
  kleinen roten Vögeln, die flache
  braune Schnäbel haben

Da kommt eine Fotze und
  schwenkt eine Fackel
  eine Handgranate
  eine tödliche Liebe

Da kommt der Sieg mit einem Eimer Blut
    und stolpert über den Holunderbusch

Und die weißen Tücher hängen aus den
    Fenstern
Und die Bomber fliegen in alle Himmels-
    richtungen, verirren sich, werden
    hochgeworfen wie Salatblätter
Und sämtliche Fische im Meer konvergieren
    und bilden eine einzige lange Linie
    eine sehr lange schmale Linie
    die längste, die man sich vor-
    stellen kann

Da kommen wir vom Weg ab, verirren uns
    zwischen violetten Bergen

Da gehn wir, richtungslos, am Ende
    nackt und blank wie Messerklingen

Wir haben alles gegeben, haben es
    ausgespuckt wie den unverhofften
    Kern in einer Olive

Während das Girl vom Antwortdienst
    uns wütend ins Ohr schreit:
    »Rufen Sie hier nicht nochmal an!
    Sie hören sich an wie ein Arschloch!«

DAS MÄDCHEN VON DER BUSHALTESTELLE

Ich sah sie, als ich auf der
Überholspur des Sunset Boulevard
in östlicher Richtung fuhr.
Sie saß auf der Bank,
die Beine locker übereinander,
und las ein Taschenbuch.
Stammte wohl aus Italien oder
Griechenland. Oder Indien.
Ich mußte an einer Ampel
halten, und ab und zu
blies ihr ein Windstoß
den Rock hoch. Ich war direkt
gegenüber von ihr und sah ihr
zwischen die Schenkel rein.
So etwas von makellos perfekten
Beinen hatte ich noch nie
gesehen. Ich bin sonst eher
gehemmt, aber diesmal starrte
und starrte ich, bis der Mensch
im Wagen hinter mir auf die
Hupe drückte.

So ein starkes Erlebnis war es
bis dahin noch nie gewesen.
Ich fuhr um den Block, dann
auf den Parkplatz des Supermarkts
direkt gegenüber von ihr
und starrte durch meine Sonnenbrille
wie ein Schuljunge in seiner
ersten Erregung.

Ich prägte mir ihre Schuhe ein
ihr Kleid
ihre Strümpfe
ihr Gesicht.
Autos fuhren vorüber und
blockierten mir die Sicht.
Dann sah ich sie wieder.
Der Wind flippte ihr den Rock
über die Schenkel hoch
und ich fing an, mein Ding
zu massieren.
Kurz vor dem Bus
kam es mir.
Ich roch meinen Saft,
spürte ihn, naß, durch die
Hosen.

Es war ein häßlicher
weißer Bus, und er
nahm sie mir weg.

Ich fuhr vom Parkplatz
herunter und dachte:
Ich bin ein Spanner.
Aber wenigstens habe
ich mich nicht unsittlich
entblößt.

Na schön, bin ich eben
ein Spanner. Aber
warum tun die das? Warum
sehen sie so aus?
Warum lassen sie den Wind
so etwas tun?

Zu Hause zog ich mich aus,
nahm ein Bad, stieg aus
der Wanne, frottierte mich
ab, stellte die Nachrichten
an und wieder aus
und schrieb
das hier.

RETOUR

Langsam werde ich wieder so
wie ich früher war – da
schraubte ich die Bodenplatte
des Telefons ab und stopfte
Lumpen rein, und wenn jemand
an die Tür klopfte, ging ich
nicht hin, und wenn sie
hartnäckig blieben, wurde ich
vulgär und schrie, sie sollten
abhauen.

Bloß ein alter Sonderling
mit goldenen Flügeln,
einem wabbeligen weißen Bauch
und Augen, vor denen die Sonne
in Ohnmacht fällt.

EIN REIZENDES PAAR

Ich mußte dringend aufs Klo,
ging aber statt dessen in
diesen Laden, um mir einen
Schlüssel machen zu lassen.
Die Frau steckte in einem
Baumwollkleid und roch wie
eine Bisamratte.
»Ralph!« brüllte sie nach
hinten, und ein altes Schwein
in einem geblümten Hemd und
Kinderschuhen kam heraus.
»Der Mann da will'n Schlüssel«,
sagte sie.
Mißmutig fing er an zu schleifen.
Schmierige Schatten glitten
durch die Luft. Es stank nach
Urin. Ich schob mich am
Ladentisch entlang, zeigte
auf etwas unter Glas und
rief die Alte her.
»Geben Sie mir das da.«
Sie gab es mir: Ein Schnapp-
messer in einem blaßvioletten
Futteral. $ 6.50 plus MwSt.
Der Schlüssel kostete
praktisch nichts.
Ich ließ mir das Wechselgeld
geben und ging hinaus auf
die Straße. Manchmal braucht man
auch solche Menschen.

MAL WAS ANDERES

Ich hatte dieses Zimmer
an der DeLongpre Avenue.
Dort saß ich jeden Tag,
stundenlang, und sah
aus dem Fenster. Allerhand
Girls kamen vorbei und
wackelten mit ihren Sachen.
Das half an diesen
Nachmittagen. Eine angenehme
Dreingabe zu Bier und
Zigaretten.

Eines Tages bekam ich
etwas ganz anderes zu sehen.
Das heißt, zuerst hörte
ich es.
»Komm schon«, sagte
einer. »Schieb!«
Dann kam es: Ein langes
Brett, etwa einen dreiviertel
Meter breit und zweifünfzig
lang; vorne, hinten und in
der Mitte auf Rollschuhe
geschraubt.
Er ging vorne und zog es
an zwei langen Seilen
und sie schob von hinten
und steuerte das Gefährt.
Sie hatten ihre ganze Habe
auf dem Brett. Töpfe,
Pfannen, Daunendecken usw.

Alles festgezurrt auf
diesem Brett. Und die Rollen
eierten und knirschten.

Er war ein Weißer, ein
knochiger Südstaatler –
dürr, eingefallene Schultern,
die Hose rutschte ihm fast
über den Hintern, sein
Gesicht gerötet von Sonne
und billigem Wein.
Sie war Schwarze, hielt sich
kerzengerade, während sie
schob, eine märchenhafte
Schönheit, mit Turban,
langen grünen Ohrringen,
in einem gelben knöchellangen
Kleid, und ihr Gesicht
so gelassen, als könne sie
nichts auf der Welt
erschüttern.

»Mach dir keine Sorgen!«
rief er und sah zu ihr
nach hinten. »Wir finden schon
jemand, der uns was vermietet!«

Sie gab keine Antwort.

Dann waren sie verschwunden.
Ich hörte nur noch das
Knirschen der Rollen.

Die werden es schaffen,
dachte ich.

Ich bin sicher, es
ist ihnen auch
gelungen.

OBERGEFREITER

Neulich haben sie meinen
Mann von der Straße geholt.
Er trug ein Sweatshirt
von den L. A. Rams
mit abgeschnittenen Ärmeln
und darunter ein Armee-
hemd mit den Streifen eines
Obergefreiten. Er war
Schwarzer, hatte einen sehr
aufrechten Gang, lief immer
in einer braunen Turnhose
herum, und auf seinem
blondgefärbten Kraushaar
saß ein grünes Käppi.
Er hat nie jemanden
belästigt, nur ab und zu
ein Baby gestohlen,
kichernd damit das Weite
gesucht, es aber jedesmal
wieder wohlbehalten zurück-
gebracht. Er schlief im
Hinterzimmer des Massage-
salons. Die Girls ließen ihn.
Mitgefühl findet sich an den
merkwürdigsten Orten.

Dann sah ich ihn plötzlich
nicht mehr. Am nächsten Tag
auch nicht. Ich erkundigte
mich nach ihm.

Meine Steuern sollen wieder
einmal erhöht werden. Der
Staat muß ihn jetzt unter-
bringen und verköstigen.
Die Cops haben ihn weg-
geschafft. Das ist
keine gute Lösung.

ÜBERFALL

Letzten Samstag hatte ich
eine Lesung in den Redwoods
hinter Santa Cruz, ich war
etwa ¾ fertig, da hörte ich
einen langen hohen Schrei
und eine recht attraktive
junge Dame kam nach vorn
gestürzt, in einem langen
wehenden Gewand, ein himmlisches
Feuer in den Augen. Mit einem
Satz war sie auf der Bühne
und schrie: ICH WILL DICH!
ICH WILL DICH! NIMM MICH!
NIMM MICH!
Ich sah sie an und sagte:
»Geh mir bloß weg hier.«
Aber sie warf sich auf mich
und riß an meinen Klamotten
herum. »Wo warst du«, fragte
ich sie, »als ich von einem
Riegel Schokolade pro Tag
gelebt und Short Stories an
Atlantic Monthly geschickt
habe?« Sie packte meine
Eier und drehte sie mir
fast ab. Ihre Küsse
schmeckten wie Dünnschiß.
Zwei Frauen sprangen auf
die Bühne und schleiften
sie hinaus in den Wald.

Ihre Schreie gellten durchs
Unterholz, während ich das
nächste Gedicht anfing.

Vielleicht, dachte ich,
hätte ich sie hier auf der
Bühne nehmen sollen, vor
aller Augen.

Aber man kann nie wissen:
Liegt es daran, daß die
Gedichte so gut sind,
oder hat sie nur einen
schlechten Trip.

ANGENOMMEN, SIE WÜRDEN KREATIVES SCHREIBEN UNTERRICHTEN – WAS WÜRDEN SIE IHREN STUDENTEN SAGEN?

Ich würde sagen, ihr braucht eine
unglückliche Liebesaffäre, Hämorrhoiden,
schlechte Zähne und billigen Wein.
Macht einen Bogen um Golf und Schach
und die Oper und rückt euer Bett
jede Nacht an eine andere Wand.
Laßt euch auf noch eine unglückliche
Affäre ein. Benutzt nie ein Farbband
aus Seide. Drückt euch vor Picknicks
mit der Familie. Laßt euch nie
in einem Rosengarten fotografieren.
Lest Hemingway, aber nur einmal,
laßt Faulkner links liegen und
ignoriert Gogol. Aber Fotos von
Gertrude Stein solltet ihr anstarren
und Sherwood Anderson im Bett lesen
und *Ritz*-Cräcker dazu essen und
euch klarmachen, daß Leute, die von
sexueller Befreiung schwafeln,
mehr Angst haben als ihr. Hört euch
E. Power Biggs im Radio an, wie er
die Orgel bearbeitet, während ihr
euch eine Bull Durham dreht im
Dunkeln, in einer fremden Stadt,
nachdem ihr euch losgesagt habt
von Freunden, Verwandten und Jobs.
Haltet euch nicht für was Besseres,
haltet euch nicht für fair und
versucht es auch nie zu sein.

Laßt euch nochmal auf eine
unglückliche Affäre ein. Seht einer
Fliege zu, die in der Sommersonne
an einem Vorhang hochkrabbelt.
Hangelt nicht nach Erfolg, spielt
kein Billard, seid ehrlich empört
wenn ihr seht, daß euer Auto
einen Platten hat. Schluckt
Vitamintabletten, aber verkneift
euch Trimmen und Gewichtheben.

Und dann macht von allem das
Gegenteil. Leistet euch eine
glückliche Affäre. Und vielleicht
kommt ihr dahinter, daß niemand
etwas weiß – der Staat nicht,
die Mäuse nicht, auch nicht der
Gartenschlauch oder der Polarstern.
Und wenn ihr mich je dabei erwischt
daß ich kreatives Schreiben
unterrichte, und ihr lest mir
das hier vor, dann gebe ich euch
eine glatte Eins mitten in die
Fresse.

DIE ERFINDER DES GUTEN LEBENS

Wir wohnen in einem Haus,
7 oder 8 Mann hoch, und
teilen uns die Miete. Es
gibt eine Stereo-Anlage
die nie benutzt wird
und ein paar Bongotrommeln
die auch nie benutzt werden
und die Fenster sind mit
Teppichen verhängt und wir
kiffen was das Zeug hält
und die Kakerlaken stolpern
uns über die Hemdenknöpfe
und fallen links und rechts
herunter.

Es wird Abend, und jemand
hängt sich ans Telefon und
läßt Essen kommen. Dann wird
gegessen, und dann pennt jeder
ein, wo er gerade ist: auf
dem Boden, auf dem Tisch,
auf der Couch, im Bett, in
der Badewanne. Sogar draußen
im Busch liegt einer.

Dann wacht einer auf und sagt:
»Los, drehn wir uns noch'n Joint!«

Ein paar andere wachen auf.
»Yeah, klar, aber sicher!«
»Also, los, dann dreh mal
ein paar. Machen wir einen
drauf!«

»Yeah! Machen wir einen drauf!«

Wir rauchen ein paar Joints
und dann pennen wir weiter,
bloß daß sich einiges ver-
schoben hat: der von der
Badewanne auf die Couch, vom
Tisch auf den Teppich, vom
Bett auf den Boden, und draußen
stolpert jetzt ein anderer
in den Busch, und Patty Hearst
haben sie immer noch nicht
gefunden, und Tim will
nichts mehr mit Allen
zu tun haben.

DER GRIECHE

Der Kerl im vorderen Bungalow
kann kein Englisch, er ist
Grieche, sieht ziemlich
häßlich aus und wirkt
einigermaßen beschränkt.

Nun haben wir hier aber
einen Vermieter, der nebenbei
ein bißchen malt. Er ist
nicht besonders gut. Und
vor kurzem hat er dem
Griechen eines seiner Bilder
gezeigt.

Der Grieche ging los und
kaufte sich Papier, Pinsel,
Farben.

Der Grieche malt jetzt auch,
da vorne in seinem Bungalow.
Seine Bilder legt er draußen
zum Trocknen hin.

Der Grieche hat vorher noch
nie ein Bild gemalt. Hier
kommt es:
    eine blaue Gitarre
    eine Straße
    ein Pferd.

Er ist gut.
Er ist Mitte Vierzig
und er ist gut.
Er hat ein Spielzeug
gefunden. Er ist jetzt
ein glücklicher Mensch.

Ich frage mich, ob er
vielleicht *sehr* gut wird.
Und ob ich mir auch noch
den Rest mit ansehen muß:
Den Ruhm. Und die Frauen,
die Frauen, die Frauen, die
Frauen. Und seinen
Niedergang.

Ich kann sie schon riechen,
die Blutsauger, die sich
von links an ihn heran-
robben.

Ihr seht ja, ich selber
habe mich bereits an ihm
festgesaugt.

AUCH EINE MÖGLICHKEIT WIE MAN SICH DAS RAUCHEN ABGEWÖHNEN KANN

Als Shirley in die Stadt kam
hatte sie ein gebrochenes Bein.
Sie lernte diesen Chicano kennen
der lange dünne Zigarillos
rauchte, und sie zogen zusammen
in eine Wohnung in der Beacon
Street, 5. Stock. Das Bein
war nicht groß im Weg, und
hinterher sahen sie immer fern
und Shirley kochte Essen, mit
Krücken und allem. Sie hatten
einen Kater namens Bogey und
einige Freunde, und man
unterhielt sich über Sport
und Richard Nixon und wie man
verdammt nochmal über die
Runden kommen sollte.
Das ging einige Monate gut,
Shirley kriegte sogar den
Gips abgemacht, und der
Chicano, Manuel, bekam einen
Job im Biltmore Hotel. Shirley
nähte ihm die Knöpfe seiner Hemden
wieder an, stopfte ihm die Socken
und sortierte sie, damit er nicht
zwei verschiedene anzog, und
eines Tages kam Manuel nach Hause
und sie war fort – kein Streit,
kein Abschiedsbrief, einfach
fort, mit ihren Kleidern und ihren

ganzen Sachen.
Manuel saß am Fenster und starrte hinaus und erschien am nächsten Tag nicht zur Arbeit, am übernächsten nicht und am Tag darauf auch nicht. Er meldete sich nicht krank und verlor den Job, bekam einen Strafzettel, rauchte vierhundertsechzig Zigaretten, wurde in betrunkenem Zustand aufgegriffen und eingelocht, stellte Kaution, erschien zur Verhandlung und bekannte sich schuldig.

Als die Miete fällig wurde gab er die Wohnung in der Beacon Street auf, ließ den Kater zurück und zog zu seinem Bruder, und die beiden betranken sich jeden Abend und sprachen davon, wie schauderhaft doch das Leben war. Und Manuel rührte nie mehr einen Zigarillo an, weil Shirley immer gesagt hatte, er sehe damit so edel aus.

DOLLARS

Ich hatte schon immer Schwierigkeiten
mit Geld.
Einmal arbeitete ich in einem Betrieb
da aßen sie in der Werkskantine
die letzten drei Tage
vor jedem Zahltag
nur noch Hot Dogs und
Kartoffelchips.
Ich wollte Steaks.
Ich ging sogar zum
Küchenchef und
verlangte, daß er Steaks
serviert. Er weigerte sich.

Ich vergaß immer wieder den Zahltag.
Ich fehlte oft, und dann war
mal wieder Zahltag, und alle
redeten davon.
»Zahltag?« sagte ich dann. »Verdammt,
ist heute Zahltag? Ich hab ja noch
nicht mal meine *letzte* Lohntüte
abgeholt …«

»Laß diesen Bullshit, Mann.«

»Nein, nein, ganz im Ernst …«

Ich sprang auf, ging ins Lohnbüro
und tatsächlich: da lag eine
Lohntüte für mich. Ich kam damit
zurück und zeigte sie ihnen:

»Meine Güte, die hatte ich ganz
vergessen ...«

Aus irgendeinem Grund machte sie das
wütend. Dann kam der Mann vom Lohnbüro
herein. Jetzt hatte ich zwei
Lohntüten. »Jessas, *zwei* Lohn-
tüten!« sagte ich. Und sie waren
wütend. Manche von ihnen
mußten daneben noch einen
zweiten Job machen.

Der schlimmste Tag war
als es mal stark regnete.
Ich hatte keinen Regenmantel
deshalb zog ich einen sehr alten
Mantel an, den ich seit Monaten
nicht mehr getragen hatte. Ich kam
ein bißchen zu spät, und sie
arbeiteten schon.
Ich suchte in den Manteltaschen
nach Zigaretten
und fand eine 5-Dollar-Note
in der Seitentasche.
»Hey, seht mal«, sagte ich, »ich hab
gerade fünf Dollar gefunden, von denen
ich gar nicht mehr wußte, daß ich
sie habe! Ist das nicht komisch ...«

»Hey, Mann, laß diesen
Scheiß!«

»Doch, doch, im *Ernst.* Ehrlich.
Ich erinnere mich, daß ich den Mantel

anhatte, als ich durch die Kneipen zog.
Ich bin schon so oft ausgemistet worden
daß ich jetzt immer Angst habe ... ich
nehme das Geld aus der Brieftasche und
verteile es auf sämtliche Taschen ...«

»Hock dich hin und
arbeite!«

Ich griff in eine Innentasche.
»Hey, seht mal, da ist ein ZWANZIGER!
Gott, ein ZWANZIGER! Gar nicht
gewußt, daß ich den habe!
ich bin ja
REICH!«

»Du bist nicht witzig, du
Arschloch ...«

»Hey, mein Gott, hier ist NOCH ein
Zwanziger! Unglaublich, einfach
unglaublich ... Ich hab doch *gewußt*
daß ich an dem Abend nicht das
ganze Geld ausgegeben habe. Ich dachte,
sie hätten mich wieder ausgemistet ...«

Ich suchte weiter meinen Mantel
durch. »Hey! Da ist ein Zehner, und
da ein Fünfer! Mein Gott ...«

»Hör mal, ich sag dir: *Hock dich hin*
und halts Maul! ...«

»Mein Gott, ich bin REICH ... ich *brauch*
diesen Job überhaupt nicht ...«

»Mensch, hock dich jetzt bloß
hin! ...«

Ich fand noch einen Zehner, nachdem
ich mich hingesetzt hatte, aber ich
sagte nichts davon.
Ich spürte Wellen von Haß.
Ich war ganz durcheinander.
Die glaubten, ich hätte das mit
Absicht gemacht, damit sie sich
mies fühlen. Das wollte ich
nicht. Leute, die drei Tage
vor jedem Zahltag nur noch von
Hot Dogs und Kartoffelchips leben
fühlen sich schon mies
genug.

Ich beugte mich
nach vorn und
begann zu arbeiten.

Draußen
regnete es
weiter.

SIESTA UND ANGST VOR DEM STERBEN

Mein Freund hat Angst, daß es
mit ihm zu Ende geht.

Er lebt in Frisco,
ich in L. A.

Er geht täglich in ein Sport-
studio, rackert sich mit
Hanteln ab und schlägt auf
den großen Sandsack ein.

Das Alter setzt ihm schwer
zu.

Trinken kann er auch nicht mehr,
wegen seiner Leber.

Aber er macht 50 Liegestützen
hintereinander.

Er schreibt mir Briefe
und sagt, ich sei der einzige
der ihm noch zuhört.

»Klar, Hal«, schreib ich
auf einer Postkarte zurück.

Aber ich möchte nicht
all diese Trainingsgebühren
bezahlen müssen.

Ich geh zu Bett
mit einem Leberwurst-Sandwich,
garniert mit Zwiebelringen,
um 1 Uhr nachmittags.

Nach dem letzten Bissen
mach ich ein Nickerchen.

Während die Helikopter und
die Geier über meiner durch-
gelegenen Matratze kreisen.

VERRÜCKT WIE EH UND JE

Bin betrunken und schreibe
Gedichte um 3 Uhr nachmittags.

Könnte ich doch bloß
nochmal eine enge Pussy
kriegen, nur noch
ein einziges Mal,
ehe die Lichter für immer
ausgehen.

Betrunken sitz ich da und
schreibe Gedichte um
3 Uhr 15.

Manche sagen mir, ich sei
berühmt.

Warum sitz ich dann hier,
allein und betrunken, und
schreibe Gedichte
um 3 Uhr 18?

Ich bin so verrückt wie
eh und je. Sie verstehen nicht,
daß ich nicht aufgehört habe
an den Füßen aus Fenstern im
4. Stock zu hängen.
Ich tu es immer noch.

Sogar jetzt, während ich
hier sitze und dies schreibe,
hänge ich an den Füßen
aus dem Fenster, nur ein paar
Stockwerke höher:
68, 72, 101.

Das Gefühl ist dasselbe:
verbohrt, unheroisch
und notwendig.

Während ich hier sitze,
betrunken, und Gedichte
schreibe um 3 Uhr 24.

UNTERWEGS MIT LUDWIG

Ich fahre die Wilton Avenue
hinunter, da macht dieses
Girl von etwa 15 Jahren einen
Schritt auf die Fahrbahn, in
engen Bluejeans, die ihren
Hintern wie zwei Hände packen.
Ich halte und lasse sie über
die Straße, und während ich
ihre schlingernde Silhouette
betrachte, sieht sie mich
durch die Windschutzscheibe
mit violetten Augen an. Dann
kommt aus ihrem Mund die
größte rosarote Blase
Bubblegum, die ich je
gesehen habe. Aus dem Auto-
radio kommt gerade etwas von
Beethoven. Sie geht in ein
kleines Lebensmittelgeschäft
und ist verschwunden. Und ich
bin wieder mit Ludwig
allein.

HANGDOG HARRY

»Hey«, sagte mein Freund, »ich möchte
daß du Hangdog Harry kennenlernst,
er erinnert mich immer so an dich.«
»Meinetwegen«, sagte ich, und wir
gingen in dieses billige Hotel.
In der Halle saßen alte Männer herum
und sahen sich was im Fernsehen an.
Wir gingen die Treppe hoch zur
Nr. 209, und da saß Hangdog
kerzengerade auf einem Rohrstuhl,
eine Flasche Wein zwischen den Füßen.
»Hockt euch hin«, sagte er. »Das
Problem mit den Menschen ist: Sie sind
alle inhuman zueinander.«
Wir sahen ihm zu, wie er sich langsam
eine Bull Durham rollte.
»Ich hab Kragenweite 43, und ich
kille jeden, der sich mit mir anlegt.«
Er leckte seine Zigarette ab und
spuckte auf den Teppich. »Ganz wie
zu Hause hier«, sagte er. »Tut euch
keinen Zwang an.«

»Wie fühlst du dich so, Hangdog?«
fragte mein Freund.

»Schauerlich. Ich bin in eine Nutte
verknallt und hab sie seit drei
oder vier Wochen nicht mehr gesehen.«

»Was meinst du, was sie macht, Hang?«

»Tja, im Moment, würde ich sagen,
kaut sie gerade einen ab.«

Er griff sich die Weinflasche und
nahm einen enormen Schluck.

»Tja«, sagte mein Freund, »wir
müssen mal wieder los.«

»Okay. Eile mit Weile und so.
Wer rastet, der rostet ...«

Er sah zu mir hoch. »Wie war
doch nochmal dein Name?«

»Salomski.«

»War nett, dich kenn'zulernen, Kid.«

»Gleichfalls.«

Wir gingen die Treppe wieder
runter. In der Halle saßen
sie immer noch da und starrten auf
die Mattscheibe.

»Na, was hältst du von ihm?«
fragte mein Freund.

»Shit«, sagte ich, »ja, der ist
wirklich ganz in Ordnung.«

DER PUFF SAH NICHT SCHLECHT AUS

Sie hatte gewaltige Schenkel
und ein ansteckendes Lachen,
sie lachte über alles,
und die Vorhänge waren gelb
und als ich fertig war
wälzte ich mich von ihr runter
und ehe sie ins Bad ging
langte sie unters Bett und
warf mir einen Lappen hin.
Er war hart.
Er war steif vom Sperma anderer
Männer.
Ich putzte mich am Bettlaken ab.

Als sie rauskam
bückte sie sich
und ich sah nur noch Hintern
während sie Mozart
auflegte.

EIN LICHTBLICK

Die Geier im Zoo
(alle drei)
sitzen regungslos
auf ihrem Baum
hinter Gittern
und unter ihnen
auf dem Boden
liegen stinkende
Fleischfetzen.
Die Geier sind vollgefressen.
Unsere Steuergelder haben sie
gemästet.

Wir gehen zum nächsten
Käfig.
Ein Mann sitzt drin.
Er hockt auf dem Boden
und frißt
seine eigene Scheiße.
Ich erkenne ihn wieder.
Es ist unser ehemaliger
Briefträger.
Sein Lieblingsspruch
war immer gewesen:
»Schönen Tag wünsch ich noch.«

Diesmal hatte ich
einen.

KALTE PFLAUMEN

Im Bett, wo wir kalte
Pflaumen aßen, erzählte sie mir
von dem Deutschen, dem der
ganze Häuserblock gehörte
bis auf das Textilgeschäft,
und das versuchte er auch noch
zu kaufen, aber die Girls
wollten nicht. Der Deutsche
hatte den besten Lebensmittel-
laden in Pasadena, das Fleisch
war bei ihm sehr teuer
aber erste Qualität, das Gemüse
und die anderen Sachen waren
dafür sehr preiswert, und
Blumen verkaufte er auch.
Aus ganz Pasadena kamen die
Leute, um bei ihm einzukaufen,
aber er wollte unbedingt noch
das Textilgeschäft haben
und die Girls blieben bei ihrem
Nein. Eines Nachts wurde jemand
gesehen, wie er aus der Hinter-
tür des Textilgeschäftes rannte
und dann brach ein Feuer aus
und fast alles wurde zerstört.
Sie hatten eine Menge Waren
da drin, und sie versuchten
zu retten, was noch zu retten war,
sie machten einen Ausverkauf,
aber es half nichts – sie mußten
ihr Geschäft verkaufen.

Nun gehörte es dem Deutschen, aber er ließ es leerstehen. Seine Frau versuchte, etwas anzukurbeln, mit kleinen geflochtenen Körben und so Sachen, doch es klappte nicht.

Wir schoben uns die letzten Pflaumen rein. »Das war eine traurige Geschichte«, sagte ich. Dann beugte sie sich runter und begann, mich abzukauen. Die Fenster standen offen, und die ganze Gegend konnte mich brüllen hören, abends um halb 6.

PICKNICK

Bei diesem Wort muß ich
immer an Jane denken
mit der ich sieben Jahre
zusammenlebte. Sie war
eine Säuferin. Ich
liebte sie.

Meine Eltern haßten sie.
Ich haßte meine Eltern.
Das war eine reizende
Kombination, wir vier.

Eines Tages machten wir
alle zusammen ein Picknick
oben in den Hollywood Hills.
Wir spielten Karten, tranken
Bier und aßen Kartoffelsalat.

Und endlich waren meine
Eltern mal ausnehmend nett
zu ihr. Es wurde viel
gelacht. Allerdings ohne
mich.

Später, in meiner Bude
beim Whisky, sagte ich
zu ihr: Ich mag die beiden
eigentlich nicht, aber
es ist gut, daß sie nett
zu dir waren.

Du Idiot, sagte sie,
hast du denn nicht gemerkt,
warum?

Nee, wieso?

Sie haben dauernd meinen
Bierbauch angesehen. Sie
denken, ich bin schwanger.

Oh, sagte ich. Na dann:
Auf unser wunderschönes
Kind.

Auf unser wunderschönes Kind,
sagte sie.

Wir kippten unsere
Drinks.

DER GUTE VERLIERER

Texaner, rotes Gesicht,
alt. Er ist auf einem
Pferderennplatz in L. A.,
hat sich gerade mit
ein paar Leuten unter-
halten, das 4. Rennen
läuft, und er hat bereits
genug. »Also, Wiedersehn
und alles Gute. Bis
morgen dann ...«

»Netter Kerl.«
»Yeh.«

Er geht hinunter zum
Parkplatz, wo er in ein
12 Jahre altes Auto
steigen wird. Von dort
wird er zu einer billigen
Pension fahren. Sein Zimmer
wird weder Klo noch Bad
haben. Am einzigen Fenster
wird eine zerfetzte
Packpapier-Jalousie hängen
und draußen wird er auf eine
bröckelnde Zementmauer sehen
voll von Sprühdosen-Graffiti
einer Chicano-Jugendbande.

Er wird die Schuhe ausziehen
und sich aufs Bett setzen.

Es wird dunkel sein, aber
er wird nicht das Licht
anknipsen.

Er hat nichts
zu tun.

DIE GIRLS IM GRÜNEN HOTEL

Sie liegen auf dem Rasen,
schöner als Filmstars,
und nehmen ein Sonnenbad
und eine sitzt da
in einem kurzen Kleid
und hochhackigen Schuhen,
die Beine übereinander,
und läßt ein Paar
unirdische Schenkel
sehen. Sie hat ein
buntes Tuch um den Kopf
und raucht eine lange
Zigarette. Der Verkehr
auf der Straße kommt
fast zum Erliegen.

Die Girls, schläfrig
in der Nachmittagssonne,
achten nicht darauf.
Sie sind Huren,
seelenlose Wesen,
doch von einer magischen
Vollkommenheit, denn sie
machen dir nie etwas vor.

Ich steige ins Auto,
warte, bis der Verkehr
sich lichtet, und fahre
hinüber zum grünen Hotel,
zu meinem heimlichen
Schwarm: Sie nimmt ihr

Sonnenbad auf dem
vorderen Rasen, dicht am
Straßenrand.

»Hallo«, sage ich.
Sie sieht zu mir hoch
mit Augen wie unechte
Diamanten. Ihr Gesicht
bleibt ausdruckslos.

Ich hieve meinen letzten
Gedichtband aus dem
Seitenfenster. Er fällt
neben ihr ins Gras.

Dann mache ich den
ersten Gang rein
und fahre weg.

Die werden heute abend
einiges zu lachen haben.

SCHON BESSER

Diese Anrufe werden
zuviel. Sie wollen
die Kreatur unbedingt
sprechen. Sollten es
lieber sein lassen.

Ich habe nie Knut
Hamsun angerufen
oder Ernie
oder Céline.

Ich habe nie
Salinger angerufen,
ich habe nie
Neruda angerufen.

Heute abend kam
wieder ein Anruf:

»Hallo. Sind Sie
Charles Bukowski?«

»Ja.«

»Tja, also, ich hab
so ein Haus ...«

»Ja?«

»Ein Bordell.«

»Verstehe.«

»Ich habe Ihre Bücher
gelesen. Ich habe ein
Hausboot in Sausalito.«

»Mhm.«

»Ich möchte Ihnen meine
Telefonnummer geben. Wenn
Sie mal nach San Francisco
kommen, lade ich Sie zu
einem Drink ein.«

»Okay. Legen Sie los.«

Ich schrieb es mir
auf.

»Wir führen ein erst-
klassiges Haus. Für
Anwälte, Senatoren,
Leute aus der Oberschicht,
Strauchdiebe, Zuhälter
und so.«

»Ich ruf Sie an, wenn
ich mal da oben bin.«

»Ne Menge von unseren Girls
lesen Ihre Bücher. Fahren
alle auf Sie ab.«

»Yeah?«

»Yeah.«

Wir sagten goodbye.

Dieser Anruf
gefiel mir.

EIN SCHISS AM MEER

Halb betrunken
verließ ich ihre
Wohnung, ihr warmes
Bett. Ich war verkatert,
wußte nicht einmal,
welche Stadt es war.
Ich ging und ging
und konnte mein Auto
nicht mehr finden. Aber
irgendwo mußte es
doch sein ... Und dann
fand ich mich plötzlich
nicht mehr zurecht, lief
nur noch durch die Gegend.
Es war Morgen, ein
Mittwoch. Im Süden
konnte ich den Ozean
sehen. Jetzt spürte ich
die Folgen der Trinkerei ...
der Dünnschiß plagte mich
und wollte raus. Ich ging
in Richtung Meer, und in
Strandnähe sah ich
ein braunes Backstein-
häuschen. Ich ging rein.
Ein alter Kerl saß stöhnend
auf einem der Pötte.
»Hi, Buddy«, sagte er.
»Hi«, sagte ich.
»Ist die Hölle da
draußen, hab ich recht?«

wollte der alte Kerl wissen.
»Stimmt«, sagte ich.
»Brauchst du'n Drink?«
»Ich fang nie vor Mittag
an.«
»Wieviel Uhr hast du?«
»11 Uhr 58.«
»Na dann sind's ja
nur noch zwei Minuten.«

Ich wischte mir den
Hintern, zog die Spülung,
zog mir die Hosen hoch
und ging zu ihm rüber.
Der alte Mann saß immer
noch auf seinem Pott
und stöhnte.
Er zeigte auf eine Flasche
Wein vor seinen Füßen. Sie
war fast leer.
Ich nahm sie hoch und trank
die Hälfte von dem Rest,
drückte ihm einen sehr alten
zerknitterten Dollar in die
Hand, ging raus auf den
Rasen und würgte es wieder
aus.
Ich sah auf den Ozean hinaus,
und der Ozean sah gut aus,
voll von Blau und Grün und
Haien. Ich ging da weg,
zurück auf die Straße und
weiter. Entschlossen, mein
Automobil zu finden.

Es kostete mich eine Stunde
und 15 Minuten, und als ich
es endlich gefunden hatte,
stieg ich ein und fuhr los
und tat so, als sei ich
genauso clever wie der
nächste Mensch.

WAHNSINN

Ich schlage mir nicht
die Fäuste an den Wänden
wund, ich sitze nur da,
aber es rauscht herein.
Ein ganzer Schwall.

Die Frau von da hinten
heult und flennt jede Nacht.
Ab und zu kommen die vom
Landeskrankenhaus und nehmen
sie für ein oder zwei Tage mit.

Ich hatte immer gedacht, daß
sie den Verlust einer großen
Liebe beklagt, bis sie eines
Tages mal rüberkam und es mir
erzählte: Sie war einem Gigolo
auf den Leim gekrochen und
hatte acht Mietshäuser an ihn
verloren.
Verlust von Eigentum! Und deshalb
dieses ganze Heulen und Flennen . . . !
Die Tränen kamen ihr, während
sie es mir erzählte. Dann
küßte sie mich. Ihr Lippen-
stift schmeckte schal, und
ihr Mund roch nach Zwiebeln
und Knoblauch.
»Hank«, sagte sie, »niemand
liebt dich, wenn du kein
Geld mehr hast.«

Sie ist alt. Fast so alt wie ich.

Als sie ging, liefen ihr immer
noch die Tränen herunter.

Vor ein paar Tagen, morgens
um halb 8, kamen zwei schwarze
Ambulanzfahrer mit einer Bahre –
aber sie klopften bei mir
an die Tür.

»Auf gehts, Mann«, sagte der
größere von den beiden.

»Augenblick«, sagte ich, »das
ist ein Versehen …«

»Uns hat man aber diese Adresse
gegeben, Mann. Das hier ist doch
5437 und 2/5, oder nicht?«

»Ja.«

»Also dann los, Mann, und mach
uns keine Zicken.«

»Die Lady, die ihr holen sollt,
wohnt da hinten …«

Ich ging mit den beiden
nach hinten.

»Diese Tür da?«

»Nein, nein, das ist meine
Hintertür. Hier, ihr müßt diese
Treppe da hinter euch rauf. Es
ist die Tür an der Ostseite. Die
mit dem kaputten Briefkasten.«

Sie gingen rauf und hämmerten an
die Tür. Ich sah ihnen zu, wie sie
die Alte wegschafften. Sie brauchten
sie nicht auf die Bahre zu schnallen.
Sie ging so mit. Und ich
machte mir Gedanken, ob sie
da wirklich den richtigen Fall
abtransportierten. Ganz sicher
war ich mir nicht.

BIER

Ich weiß nicht, wieviele Flaschen Bier
ich konsumiert habe, während ich
darauf wartete, daß es wieder
aufwärts geht.
Ich weiß nicht, wieviel Wein und Whisky
und Bier
(meistens Bier)
ich konsumiert habe, wenn ich mich
mit Frauen verkracht hatte
und darauf wartete, daß das
Telefon klingelt
oder daß ich Schritte höre.
Es wird jedesmal ein langes Warten
bis sie anrufen oder ich ihre
Schritte höre. Wenn mir der Magen schon
aus dem Mund quillt, da
kommen sie an, frisch und
quicklebendig:
»Menschenskind, was hast du denn
jetzt wieder mit dir angestellt?
Du wirst drei Tage brauchen
bis du mich wieder ficken kannst!«

Frauen sind zäh. Sie leben
$7\frac{1}{2}$ Jahre länger als der Mann
und sie trinken sehr wenig Bier
weil sie wissen, daß es schlecht
für die Figur ist.

Während wir langsam durchdrehen
treiben sie sich irgendwo mit
geilen Cowboys herum,
tanzen und lachen.

Na, es gibt ja noch Bier.
Leere Bierflaschen, ganze Müllsäcke voll,
Papiersäcke mit durchgeweichten Böden.
Wenn man einen hochhebt, rasseln
die Flaschen unten raus,
rollen scheppernd über den Boden
und matschen ihn ein mit schalen
Bierlachen, versetzt mit nasser
grauer Zigarettenasche.
Oder die Säcke fallen um,
morgens um 4, und
machen das einzige Geräusch
in deinem Leben.

Bier.
Flüsse und Seen von Bier
Bier Bier Bier.
Das Radio dudelt Love Songs,
das Telefon schweigt sich aus,
und die Wände stehen da,
kerzengerade,
und Bier ist alles
was dir bleibt.

MEIN ALTER

Mit 16, während der großen
Wirtschaftskrise, pflegte ich
besoffen nach Hause zu kommen
und mehr als einmal lagen
meine ganzen Sachen – Hemden,
Unterhosen, Strümpfe, hand-
geschriebene Stories, 1 Koffer –
auf dem Rasen vor dem Haus
und auf der Straße.

Meine Mutter kam hinter einem
Baum hervor und flehte mich an:
»Henry, Henry, geh nicht
rein – er bringt dich um,
er hat deine Geschichten
gelesen ...!«

»Den mach ich jederzeit
fertig ...«

»Henry, bitte! Hier, da hast du
Geld ... geh und such dir ein
Zimmer.«

Aber der Alte hatte Angst
daß ich die Highschool nicht
zu Ende mache, deshalb
ließ er mich immer wieder
rein.

Eines Abends kam er zu mir
ins Zimmer und schwenkte
eine von meinen Stories
die er mal wieder ungefragt
begutachtet hatte. »Das«,
sagte er, »ist eine sehr
gute Story.«

»Wenn du meinst«, sagte
ich.

Er gab sie mir, und ich
las sie:
Die Story handelte von einem
reichen Mann, der nach
einem Krach mit seiner Frau
hinausgeht in die Nacht
und irgendwo eine Tasse
Kaffee trinkt; er betrachtet
sich die Kellnerin, die Löffel,
die Gabeln, die Salz- und
Pfefferstreuer und die
Neonreklame im Fenster
und dann geht er wieder nach
Hause und schaut im Stall
vorbei und tätschelt sein
Lieblingspferd, und das
Pferd tritt ihn voll
gegen die Stirn und
killt ihn.

Irgendwie hatte die Geschichte
für meinen Alten eine Bedeutung.
Wenn auch ich selber, als ich

sie schrieb, keine Ahnung hatte
um was es da ging.

Ich sagte also zu ihm: »Okay,
Alter, die kannst du behalten.«
Er nahm sie, ging aus dem
Zimmer und machte die Tür
hinter sich zu. Ich glaube,
so nahe sind wir einander
nie mehr gekommen.

ANGST

Er kommt an meinen VW
als ich gerade die Hand-
bremse anziehe, und
ruckelt ihn hin und her.
Er grinst um seine
Zigarre herum.

»Hey, Hank, ich seh all die
Weiber, die du in letzter
Zeit in der Wohnung hast ...
gar nicht übel. Du kannst
anscheinend nicht klagen.«

»Sam«, sage ich, »du wirst
es nicht glauben, aber ich
bin einer der einsamsten
Menschen weit und breit.«

»Wir haben ein paar nette
Girls vorne im Salon. Die
solltest du mal ausprobieren.«

»Ich hab Angst vor solchen
Läden, Sam. Ich kann da
nicht rein.«

»Dann schick ich dir eine
her. Was richtig Nettes.«

»Sam, schick mir keine Huren.
Ich verknall mich immer in sie.«

»Okay, Freund«, sagt er. »Gib
mir Bescheid, falls du dirs
anders überlegst.«

Ich sehe ihm nach. Manche
Menschen haben immer alles
im Griff. Ich bin die
meiste Zeit konfus.

Er kann einen Mann glatt
übers Knie brechen,
aber wer Mozart ist
weiß er nicht.

Na, wer möchte auch schon
Musik hören an einem
verregneten Mittwoch-
abend.

ÜBERALL KLEINE TIGER

Sam der Bordellpächter
hat knarzende Schuhe.
Knarzend geht er draußen
zwischen den Bungalows
auf und ab und redet
mit den Katzen. Ein
Brocken von Kerl, ein
Killer – und da
redet er mit den Katzen.
Er läßt sichs von den
Frauen im Massagesalon
machen, hat keine
Freundinnen, kein Auto,
trinkt nicht, rührt
kein Dope an. Seine
einzigen Laster sind,
auf einer Zigarre zu
kauen und die Katzen
der ganzen Nachbarschaft
zu füttern. Manche
von den Katzen kriegen
Junge, es werden immer
mehr, und so oft ich
die Tür aufmache, rennen
welche herein. Manchmal
vergesse ich, daß sie
da sind, und sie scheißen
mir unters Bett, oder
ich wache nachts auf und
höre Geräusche, springe
mit gezücktem Messer

aus dem Bett, schleiche
in die Küche, und eine
von Sams Katzen läuft
auf der Spüle herum oder
hockt auf dem Kühlschrank.
Sam hält den Puff um die
Ecke in Schwung, und seine
Girls stehen vor dem
Eingang in der Sonne
während die Ampeln auf
rot und grün und gelb
schalten, und sie,
genau wie seine Katzen,
kennen den Sinn des
Lebens so gut wie die
Tage und die Nächte.

KRANICHE

Manchmal, wenn einen das
Schicksal so richtig in
den Arsch tritt, da
wünscht man sich, ein
Kranich zu sein, der lässig
auf einem Bein steht
in blauem Wasser.

Aber dann denkt man an das
was sie einem beigebracht
haben: Man möchte gar kein
Kranich sein, versteht ihr,
der auf einem Bein steht
in blauem Wasser.

Der Kummer ist nicht
wichtig genug, und
der Sieg wäre
lahm.

Ein Kranich kann sich
keine Fotze kaufen
oder sich aufhängen,
um Mittag, in Monterey.

Das sind so Dinge
die Menschen tun
können, außer
auf einem Bein
stehn.

RUPPIGE GESELLSCHAFT

Gedichte wie Revolverhelden
sitzen da und schießen Löcher
in meine Fenster, kauen auf
meinem Klopapier, lesen die
Rennergebnisse, nehmen den
Hörer von der Gabel.

Gedichte wie Revolverhelden
fragen mich, in welcher Branche
ich eigentlich bin, und
ob ich es auf eine Ballerei
ankommen lassen will.

Immer mit der Ruhe, sage ich,
hier kommts nicht drauf an
wer am schnellsten zieht.

Das Gedicht am südlichen
Ende der Couch zieht vom
Leder und sagt: Dafür
knall ich dir die Eier
aus dem Sack!

Reg dich ab, Partner, sage ich.
Mit dir hab ich noch was vor.

Was vor, hm? Was
denn?

Den *New Yorker,*
Partner.

Er steckt sein Eisen
wieder weg.

Das Gedicht auf dem Stuhl
neben der Tür reckt sich,
sieht mich an:
Weißt du, Fettsack, du bist
in letzter Zeit ziemlich
faul.

Leck mich, sage ich,
wer macht denn dieses
Spiel hier?

Wir! schreien sie alle
und ziehen ihre Knarren.
Nun mach mal endlich!

Also, da
habt ihr es:

Was ihr hier lest, war
das Gedicht, das auf dem
Kühlschrank saß und
Kronenkorken von Bier-
flaschen durchs Zimmer
schnickte.

Und jetzt habe ich es
aus dem Weg, und die
anderen hocken um mich
herum und fuchteln
mit ihren Kanonen:

Ich bin der Nächste! Ich
bin der Nächste! Ich bin
der Nächste!

Ich nehme an, wenn ich
draufgehe, werden sie sich
auf einen anderen armen
Hundesohn stürzen.

IDEALE

Die Waxmans, sagte sie.
Er hat gehungert, und dabei
wollten ihn diese ganzen
Baufirmen einkaufen. Er
hat im Ausland gearbeitet,
in Paris, in London, sogar
in Afrika. Er hatte sein
eigenes Konzept ...

Was soll der Scheiß? sagte
ich. Ein hungerleidender
Architekt??

Ja! Sie haben alle gehungert –
er, und seine Frau, und die
Kinder! Aber er blieb
seinen Idealen treu.

Ein hungerleidender Architekt, hm?

Ja. Aber jetzt hat er es
geschafft. Letzten Mittwoch-
abend hab ich ihn und seine
Frau gesehn. Die Waxmans.
Möchtest du sie mal kennen-
lernen?

Sag ihm, sagte ich, er soll
sich drei Finger in den
Arsch stecken und mal
kräftig schnipsen.

Du bist immer so beschissen
eklig, sagte sie und stieß
ihr hohes Glas voll Scotch-
and-Water um.

Mhm, sagte ich. Das ist
meine Art, die Toten
zu ehren.

FEUERWACHE

(Für Jane, in Liebe)

Unser Geld war alle,
wir gingen aus der
Bar und wollten zu mir
nach Hause, wo noch
ein paar Flaschen
Wein standen.

Es war vier Uhr nach-
mittags. Wir kamen
an einer Feuerwache
vorbei, und da geriet
sie ganz aus dem
Häuschen: »Eine FEUER-
WACHE! Oh, ich liebe
Feuerwehrautos, sie sind
so rot und alles. Komm,
wir gehn rein!«

Ich folgte ihr
hinein. »FEUERWEHR-
AUTOS!« kreischte sie
und schlenkerte ihren
drallen Hintern.

Und schon war sie drauf
und dran, in so ein Ding
reinzuklettern. Sie zog
ihren Rock bis zu den

Hüften hoch und versuchte
sich hinters Lenkrad
zu klemmen.

»Moment, ich helf Ihnen!«
rief einer von den Feuerwehr-
männern und rannte zu ihr hin.

Ein weiterer kam an. »Unsere
Bürger sind hier immer
willkommen«, sagte er
zu mir.

Der andere saß jetzt
mit ihr auf dem Fahrer-
sitz. »Haben Sie auch
so ein großes DING da?«
fragte sie ihn. »Oh! Hahaha!
Ich meine, so'n großen
HELM! ...«

»Ja, 'n großen Helm hab ich
auch ...«, sagte er zu ihr.

»Oh, hahaha!«

»Spielen Sie Karten?«
fragte mich mein Feuerwehr-
mann. Ich hatte 43 Cents
und jede Menge Zeit.

»Kommen Sie nach hinten«,
sagte er. »Wir spielen
natürlich nicht um Geld.
Ist gegen die Vorschrift.«

»Verstehe«, sagte
ich.

Ich hatte aus meinen 43 Cents
gerade einen Dollar neunzig
gemacht, als ich sie
nach oben gehen sah, mit
ihrem Feuerwehrmann.

»Er zeigt mir, wo sie
schlafen«, rief sie
zu mir herüber.

»Versteh schon«, sagte
ich.

Zehn Minuten später
kam ihr Feuerlöscher
an der Stange wieder
runter. Ich beorderte
ihn mit einer Kopf-
bewegung zu mir her.

»Das macht fünf
Dollar.«

»Fünf Dollar? Für
das?«

»Wir wollen doch keinen
Skandal, oder? Könnte
uns beide den Job kosten.
D. h. mich eigentlich
nicht – ich hab zur Zeit
keinen.«

Er gab mir
die fünf.

»Hock dich her. Vielleicht
gewinnst du sie zurück.«

»Was spielt ihr?«
»Blackjack.«

»Glücksspiel ist aber
verboten.«

»Das ist mit allem so,
was Spaß macht. Außerdem,
siehst du hier auf dem Tisch
vielleicht Geld?«
Er setzte sich zu uns.

Damit waren wir
zu fünft.

»Wie war's, Harry?«
fragte ihn einer.

»Nicht schlecht. Nicht
schlecht.«

Der nächste ging
nach oben.

Sie waren alle
miserable Spieler.
Sie machten sich
nicht die Mühe, sich
die Karten zu merken.
Sie wußten nie, ob noch
hohe oder niedere Karten
übrig waren.

Der zweite Typ kam
runter und gab mir
einen Fünfer.

»Wie wars, Marty?«
»Nicht schlecht. Sie hat
ein paar gute Bewegungen
drauf ...«

»Neues Spiel«, sagte ich.
»Nettes sauberes Girl.
Ich reite sie selber.«

Keiner sagte etwas.

»Irgendwelche Großbrände
in letzter Zeit?«
fragte ich.

»Nee. Nichts besonderes.«

»Ihr Jungs müßt in Übung
bleiben. Also los, laßt
jucken.«

Ein großer Rothaariger,
der die ganze Zeit einen
Kotflügel poliert hatte,
warf seinen Lappen hin
und ging nach oben.

Als er wieder runter
kam, warf er mir einen
Fünfer hin.

Der vierte Mann bezahlte
mit einem 20-Dollar-Schein.
Ich gab ihm drei Fünfer
heraus.

Ich wußte nicht, wieviele
Feuerwehrleute in dem
Gebäude waren und wo sie
alle steckten. Ein paar
gingen mir vermutlich
durch die Lappen. Aber
ich wollte kein Spiel-
verderber sein.

Es wurde bereits dunkel
draußen, als plötzlich
Feueralarm gegeben wurde.

Alle wetzten los. Auch
an der Stange kamen noch
ein paar herunter.

Dann kam *sie* an der
Stange runter. Sie machte es
sehr gut. Ein Prachtweib.
Nichts als Mumm und Arsch.

»Gehn wir«, sagte
ich zu ihr.

Sie stand da und winkte
den Jungs zum Abschied,
aber die schienen jetzt
in Gedanken schon
woanders zu sein.

»Gehn wir zurück in
die Bar«, sagte ich.

»Nanu, wo hast du plötzlich
Geld her?«

»Ich hatte noch was ein-
stecken. Bloß nicht mehr
dran gedacht.«

Wir setzten uns wieder
ans Ende der Bar, mit
Whisky und Bier.

»Ich hab tief und fest
geschlafen da oben ...«

»Klar, Baby, 'ne Mütze
Schlaf nachholen ist immer
gesund ...«

»Schau mal, der Matrose da,
wie der mich ansieht! Der
denkt anscheinend, ich
bin eine ... eine ...«

»Ach was, das denkt er nicht.
Reg dich ab. Du hast Klasse,
richtige Klasse. Manchmal
erinnerst du mich an eine
Opernsängerin, weißt du,
so eine Diva. Trink aus.«

Ich bestellte
noch zwei.

»Weißt du, Daddy, du bist
der einzige Mann, den ich
LIEBE! Ich meine, wirklich!
Weißt du das?«

»Klar, weiß ich das. Ich
weiß nicht, warum, aber
manchmal komm ich mir
direkt vor wie 'n King.«

»Yeah, yeah, genau das
mein' ich. Sowas in der
Art.«

Dann mußte ich pissen gehn.
Als ich zurückkam, saß
der Matrose auf meinem
Barhocker. Sie rieb
ihr Bein an seinem, und
er redete auf sie ein.

In der Ecke sah ich Harry
the Horse und den Zeitungs-
jungen am Dartboard. Sie
spielten um Geld. Ich
ging zu ihnen hin und
setzte einen Fünfer.

EIN STREIT WEGEN MARSCHALL FOCH

Foch war ein großer Soldat,
sagte er, *Maréchal* Foch.
Hör mal, sagte ich, wenn du
dich nicht anständig mit mir
streiten willst, muß ich dir
ein nasses Handtuch ins
Gesicht schlagen.

Dann schreibe ich an den
Gouverneur, sagte er.
Der Gouverneur ist mein
Onkel, sagte ich.

Marschall Foch war mein
Großvater, sagte er.

Ich hab dich gewarnt, sagte
ich. Ich bin ein Gentleman.

Und ich bin ein Foch, sagte er.
Das reichte. Ich gabs ihm
mit einem nassen Handtuch.

Er griff zum Telefon. Ver-
binden Sie mich mit dem
Gouverneurspalast, sagte er.

Ich stopfte ihm einen nassen
Gummihandschuh in den Mund
und schnitt das Kabel durch.

Draußen zirpten die Grillen
wie verrückt: Foch, Foch,
Foch, Foch, Foch!

Ich holte meine Spielzeug-MPi
aus dem Schrank und beharkte
diese Schweinepriester, aber
es waren zuviele. Ich mußte
aufgeben.

Ich zog ihm den nassen Gummi-
handschuh wieder heraus. Ich
geb auf, sagte ich, es ist
zuviel. Ich kann die Welt
nicht ändern.

Die sogenannten Damen im Zimmer
applaudierten ihm alle.

Er stand auf und machte eine
elegante Verbeugung. Während
draußen die Grillen zirpten.

Ich setzte meinen Hut auf und
stakte aus der Tür. Aber ich
bleibe dabei: Die Franzosen
sind Schlappschwänze, und das
braucht einen auch nicht
zu wundern.

ICH LIEBE DICH

Ich ging in diesen Schuppen rein
und da lag sie. Da lag sie,
meine große Liebe, auf einem Kerl
in einem dreckigen Unterhemd.
Ich war der ruppige gutmütige
spendierfreudige Charley (so
heiß ich) und ich weckte die
beiden wie ein zürnender Gott
und kaum war sie wach, da schrie
sie auch gleich: »Hank, Hank!« (so
heiß ich auch noch) »Bring mich
weg von diesem Scheißtyp! Ich
hasse ihn! Ich liebe *dich!*«

Natürlich war ich schlau genug
ihr diese Sprüche nicht zu
glauben. Ich setzte mich hin
und sagte: »Ich brauch einen
Drink. Mir brummt der Schädel
und ich brauche einen Drink.«

Seht ihr, so gehts mit der Liebe.
Und dann saßen wir alle da und
tranken Whisky, und es ging mir
eigentlich wieder ganz gut, da
langte er in die Hosentasche und
gab mir einen 5-Dollar-Schein:
»Das ist alles, was sie noch
übrig hatte von dem, was sie dir
geklaut hat.«

Nun, ich war kein Engel, der mit
goldenen Flügeln über Buchsbäume
flattert. Ich nahm den Fünfer
und ließ die beiden da drin,
ging die Gasse nach vorn zur
Alvarado Street, bog links ab
und verzog mich in die
nächste Kneipe.

2347 DUANE

Sitze da und sehe auf dieses
Bild von einem blauen Baby
das an einer blauen Brust saugt,
eine grüne Weinranke hängt von
der Decke, und rechts davon,
vor einem dunkelbraunen Hintergrund,
hat sich ein hellbraunes Girl
verkehrt herum auf einen Stuhl
gesetzt und sieht nachdenklich zu.
Jetzt ist mir die Zigarette aus-
gegangen. Es gibt nie Streichhölzer
hier drin, ich stehe also auf,
geh in die Küche und mach sie mir
an dem 30 Jahre alten Gasherd
wieder an, ohne daß meinem Skalp
etwas passiert, dann zurück in
das vordere Zimmer, und mein Blick
fällt auf ein Bild von einer großen
altmodischen Schere auf einem
rosaroten Stuhl.
Es ist eine Viertelstunde nach
Mitternacht, der Riegel an der Tür
ist vor, und auf der schiefen Steh-
lampe neben dem Bett sitzt ein
roter Schlapphut, der als Lampenschirm
dient, und ein kleiner Hund
hebt den Kopf und knurrt den hohen
kalten Himmel draußen an. Zwei
Matratzen liegen auf dem Boden.
Auf der einen habe ich viele Nächte
geschlafen. Der alte Bungalow

soll demnächst von Bulldozern weg-
saniert werden. Er gehört einem
japanischen Ringkämpfer namens Fuji.
Ich sehe nicht, wie man ihn durch
etwas Besseres ersetzen könnte.

Heute abend hat sie die Wasserhähne
von Badewanne und Küchenspüle
repariert. Eine Zigarette kann sie
nicht drehen, aber dafür spart
sie uns den Klempner. Wir haben ein
Kentucky Fried Chicken gegessen,
mit Kohlsalat, Kartoffelbrei, Soße
und Semmeln. Es ist jetzt 23 Minuten
nach Mitternacht, und die Bulldozer
werden uns die Bude unter dem Arsch
wegschieben, nicht morgen, aber
bald. Der Hund knurrt wieder
den Himmel an, und meine Zigarette
ist schon wieder aus. Die Liebe,
auf dieser Matratze neben der Tür,
der Sex, die Streitereien, die
Unterhaltungen und Träume – die
Bulldozer werden es nicht aus-
löschen können. Auch wenn sie
die Bäume niederwalzen, das
Scheißhaus, den Weg draußen auf-
reißen – sie werden es nicht alles
wegkriegen. Und wenn ich in 6 Monaten
hier vorbeifahre und das Apartment-
Hochhaus sehe mit den fünfzig
Leuten drin, denen keine Betonwabe
zu teuer ist, werde ich immer noch
das Bild von dem blauen Baby sehen

das an einer blauen Brust saugt,
die Weinranke von der Decke, das
braune Girl, die tropfenden Wasser-
hähne, die Spinnen und Termiten, die
grau und gelb gestrichenen Wände,
das Tischtuch, das am Fenster zur Straße
die Jalousie ersetzt, und diese
Matratze neben der Tür.

JUNK

Mit drei weiblichen Junkies
in einem dunklen Schlafzimmer.
Überall braune Papiertüten
voll Müll. Es ist Nachmittag,
halb zwei. Sie reden von
Irrenhäusern, Hospitälern.
Sie warten auf einen Fix.
Keine arbeitet was. Sie leben
von der Fürsorge und Essens-
marken, und Medi-Cal zahlt
für den Arzt.

Männer sind gerade gut genug
als Mittel zum Fix.

Es ist Nachmittag halb zwei
und draußen wachsen kleine
Pflanzen. Die drei rauchen
Zigaretten und nippen lustlos
an Bier und Tequila auf
meine Rechnung.

Ich sitze mit ihnen herum
und warte auf meinen Fix:
ich bin ein Gedicht-Junkie.

Ezra schleiften sie durch
die Straßen in einem Käfig,
Blake war überzeugt, daß es
Gott gibt, Villon war ein
Strauchdieb, Lorca lutschte

Schwanz, T. S. Eliot saß
hinter einem Bankschalter.

Die meisten Dichter sind
Schwäne. Reiher.
Ich sitze mit drei Junkies da,
an einem Nachmittag um
halb zwei. Der Rauch
verpißt sich an die Decke.
Ich warte.

Der Tod ist ein Jumbo
voll Nichts.

Die eine sagt jetzt, daß ihr
mein quittengelbes Hemd
gefällt.

Ich glaube an eine simple
Gewalt.

Das hier ist
ein Teil
davon.

ERSATZHANDLUNG

Mein Zahnarzt ist ein Säufer.
Er kommt hereingestürzt
während ich den Zahnstein
entfernt kriege. »Hey,
du alter Wichser! Schreibst du
immer noch dreckige Geschichten?«
»Ja.«
Er sieht die Helferin an:
»Ich und dieser alte Wichser,
wir haben beide mal für die
Post gearbeitet, da unten im
Terminal Annex!«
Die Helferin sagt nichts.
»Jetzt sieh uns an! Wir sind
da rausgekommen! Wir haben uns
diesen Laden vom Hals
geschafft, was?«
»Ja. Und wie.«
Er rennt ins nächste Behandlungs-
zimmer. Er stellt lauter
wunderschöne junge Girls an,
sie sind überall. Sie arbeiten
vier Tage in der Woche
und er fährt einen gelben
Cadillac. Außer dem Wartezimmer
hat er acht Behandlungsräume,
alle voll ausgerüstet.
Die Helferin drückt ihren
Körper an mich. Es ist
unglaublich. Ihr Busen, ihre
Schenkel, ihr ganzer Körper

drückt sich an mich. Sie
schabt an meinen Zähnen und
sieht mich an: »Tu ich
Ihnen weh?«
»Nein nein, nur zu!«

Nach 15 Minuten ist der
Zahnarzt wieder da.
»Hey, was ist los? Warum
dauert das so lange?!«
»Doktor, dieser Mann hier
hat seine Zähne seit fünf
Jahren nicht mehr gereinigt
bekommen. Sie sind total
verdreckt.«
»Na schön. Machen Sie
Schluß mit ihm! Geben Sie
ihm einen neuen Termin!«
Er rennt wieder raus.
»Möchten Sie einen neuen
Termin?« Sie sieht mir
dabei in die Augen.
»Aber ja«, sag ich.
Sie drückt ihren Körper
voll an mich und schabt
noch ein bißchen herum.

Für die ganze Nummer,
einschließlich Röntgen-
aufnahmen, verlangte sie
nur vierzig Dollar.
Aber ihren Namen wollte sie
mir nicht sagen.

UNHEIMLICHE BEGEGNUNGEN DER ÜBLICHEN ART

Gehn wir ins Kino oder nicht?
fragte sie ihn.

All right, sagte er. Gehn wir.

Ich zieh mir keinen Slip an,
sagte sie. Dann kannst du
Stinkfinger bei mir machen
wenn das Licht ausgeht.

Sollen wir uns 'ne Tüte
Popcorn leisten? fragte er.

Klar, sagte sie.

Zieh deinen Slip ruhig an,
sagte er.

Was hast du denn? fragte sie.

Ich will bloß den Film sehen,
sagte er.

Hör mal, sagte sie, ich brauch
bloß raus auf die Straße gehn,
da sind hundert Männer, die mich
mit Handkuß nehmen würden.

Na schön, sagte er, dann geh
doch raus. Ich bleib da und
les den *National Enquirer.*

Du Ekel, sagte sie. Und ich versuch hier, eine sinnvolle Beziehung aufzubauen!

Die kannst du aber nicht mit dem Holzhammer aufbauen, sagte er.

Also gehn wir jetzt ins Kino oder nicht? fragte sie.

All right, sagte er. Gehn wir.

An der Ecke von Western und Franklin machte er den Blinker an, um links abzubiegen, und auf der Gegenfahrbahn trat einer aufs Gas, als wolle er ihn schneiden.

Bremsen quietschten. Es wurde kein Zusammenstoß, aber beinahe.

Er schrie den Mann im anderen Auto an. Der Mann schrie zurück. Er hatte noch jemand bei sich. Seine Frau.

Die wollten auch ins Kino.

ICH MOCHTE IHN

Ich mochte D. H. Lawrence,
er konnte so schön wütend
werden, er blaffte und
fetzte mit wundervoll
energischen Sätzen, er
konnte das Wort zu Papier
bringen, leuchtend und
zuckend, der Gestank
von Blut und Mord und
Opfer umwehte ihn, die
einzige Zärtlichkeit
die er sich erlaubte, war
wenn er seine füllige
deutsche Frau zu Bett
brachte. Ich mochte
D. H. Lawrence. Er konnte
über Jesus reden, als wärs
der Mann von nebenan, und
er konnte australische
Taxifahrer so gut beschreiben
daß man sie haßte. Ich
mochte D. H. Lawrence, aber
ich bin froh, daß ich ihn
nie kennenlernte in irgend-
einem Bistro, wo er mit
gespreizten Fingern ein
winziges Täßchen Tee hebt
und mich ansieht mit seinen
wurmstichigen Augen.

EINS FÜR DEN SCHUHPUTZER

Das Gleichgewicht ist gewahrt durch die
Schnecken, die an den Klippen von
Santa Monica hochkriechen. Das Glück ist
daß man die Western Avenue entlang
gehen kann, und die Girls aus einem
Massagesalon rufen einem zu: »Hallo, Süßer!«
Das Wunder ist, daß man mit 55 noch
fünf Frauen haben kann, die in einen
verliebt sind, und das Gute daran ist
daß man nur eine von ihnen lieben kann.
Das Geschenk ist, eine Tochter zu haben
die zärtlicher ist als ihr, deren Lächeln
schöner ist als eures. Eine innere Ruhe
kehrt ein, wenn man in einem blauen VW
Bj. 67 wie ein Teenager durch die Straßen
fährt, im Radio seine Lieblingssendung hört,
die Sonne spürt, das satte Brummen des
generalüberholten Motors, während man sich
durchs Verkehrsgewühl schlängelt.
Die Gnade ist, daß man fähig ist,
Rockmusik zu mögen, klassische Musik,
Jazz – alles, was die reine ursprüngliche
Energie der Lebensfreude enthält.

Und die Wahrscheinlichkeit ist immer wieder
die tiefe Niedergeschlagenheit
wenn dein eigenes Gewicht auf dich drückt
unter der Guillotine deiner vier Wände
und du wütend bist auf das Klingeln des
Telefons oder Schritte von draußen.
Doch die andere Wahrscheinlichkeit,

das erhebende Gefühl, das immer danach kommt,
läßt die Kassiererin im Supermarkt
aussehen wie Marilyn, wie Jackie
ehe es ihren Lover aus Harvard erwischte,
wie das Mädchen in der Highschool
dem wir alle nach Hause folgten.

Es gibt etwas, das dir den Glauben erhält,
daß es außer dem Tod noch etwas anderes gibt:
Jemand kommt dir in einem Auto entgegen
auf einer Straße, die zu schmal ist für zwei
und er oder sie fährt rechts ran
und läßt dich vorbei ... oder der
alte Boxer Beau Jack, der jetzt Schuhe putzt
nachdem er seine ganzen Einnahmen
mit Parties durchgebracht hat
mit Frauen
mit Parasiten.
Er summt vor sich hin, haucht auf das Leder,
poliert es mit dem Lappen,
schaut hoch und sagt:
»Was soll's. Für ne Weile
hatte ich alles. Besser so
als anders.«

Manchmal bin ich verbittert,
doch oft hat es auch süß
geschmeckt. Ich hatte nur Angst
es zu sagen. Es ist
wie wenn deine Frau manchmal sagt
»Sag mir, daß du mich liebst«, und
du kannst es nicht.

Wenn ihr mich aus meinem blauen Volkswagen
grinsen seht, während ich bei Gelb
durchrausche und direkt
in die Sonne fahre,
dann hat mich ein
verrücktes Leben
in seinen Armen
und ich denke an Artisten am Trapez
an Liliputaner mit dicken Zigarren
an einen russischen Winter, Anfang der
vierziger Jahre
an Chopin mit seinem Beutel voll
polnischer Erde
an eine alte Kellnerin, die mir
eine extra Tasse Kaffee bringt
und mich dabei anlacht.

Die besten von euch
mag ich mehr als ihr denkt.
Die anderen zählen nicht
außer daß sie Finger und Köpfe haben
und manche von ihnen Augen
und die meisten von ihnen Beine
und alle zusammen
gute und schlechte Träume
und eine Art zu sterben.

Die Gerechtigkeit läuft überall
wie geschmiert, und die MGs
die Pistolenhalfter und die
Polizeibarrikaden beweisen
es euch.

Pacific Telephone

YELLOW CAB

Die mexikanische Tänzerin
schlenkerte mir ihre Fächer
und ihren Hintern ins Gesicht,
ich hatte sie nicht darum
gebeten, und die Frau, mit der
ich damals zusammenlebte,
wurde sauer und rannte aus dem
Lokal, und in diesem Augenblick
fing es an zu regnen, man hörte
es aufs Dach prasseln, und ich war
arbeitslos und hatte noch dreizehn
Tage bis zur nächsten Miete.
Manchmal, wenn sie einen so
sitzen lassen, fragt man sich,
ob es nicht doch eine Frage von
Geld ist. Man kann es ihnen nicht
verdenken. Wenn ich die Beine
breitmachen sollte, dann würde ich's
auch lieber für jemand mit Geld
tun. Die Angst, die uns allen im
Nacken sitzt, verhindert manches,
aber wenn du häßlich bist und
nicht mehr viel zu verlieren hast,
ist dir alles egal. Ich rief
den Kellner her und sagte: Ich
glaube, ich werde gleich diesen
Tisch hier umkippen, ich langweile
mich, ich bin wahnsinnig, ich muß
dringend irgendwas tun. Hol den
Rausschmeißer, ich piß ihm
aufs Schlüsselbein.

Ich flog raus. Es ging ruckzuck.
Es regnete in Strömen. Ich
rappelte mich hoch und ging die
leere Straße runter. Die kleinen
Läden mit ihrem öden, zuckerwatte-
süßen Klimbim waren alle ab-
geschlossen. An jeder Ladentür
ein Woolworth-Vorhängeschloß
für 67 Cents das Stück.

An der nächsten Ecke sah ich
gerade noch, wie sie mit einem
anderen in ein gelbes Taxi stieg.

Ich fiel über eine Mülltonne,
stand wieder auf, pißte dagegen,
fühlte mich traurig und auch wieder
nicht. Alles hat seine Grenzen,
dachte ich, während die Pisse
an dem schrundigen Blech herunter-
lief. Auch das, was sie mit dir
machen können. Die alten Philosophen
hatten dazu sicher was Gescheites
zu sagen. Frauen. Ihr Glück
gegen dein Schicksal. Der Sieger
kriegt Barcelona. Ab in die
nächste Bar.

DIE SPINNER

Die Spinner flogen immer
auf mich. Die und
die Abnormalen.
Während der ganzen Schulzeit,
bis zum Junior College –
immer waren es die Abgeschobenen,
die Unerwünschten, die an mir
klebten. Einarmige, Kerle mit
dem nervösen Tick, mit Sprach-
fehlern, mit einem weißen Film
über dem einen Auge.
Feiglinge, Misanthropen, Killer,
Spanner und Diebe.
Und so ging es weiter. In den
Fabriken und auf Trebe –
immer zog ich den Ausschuß
an. Sie fanden mich auf
Anhieb. Sie tun es heute noch.
Selbst hier in der Nachbarschaft
ist einer. Auch er hat mich
gefunden. Er schiebt einen
Einkaufswagen voll Krempel
durch die Gegend: zerbrochene
Spazierstöcke, Schnürsenkel,
leere Kartoffelchips-Beutel,
Milchtüten, Zeitungen, Clips
von Kugelschreibern …
»Hey, Kumpel, wie geht's?«
Ich bleibe stehen, und wir
unterhalten uns eine Weile.
Dann sag ich goodbye, aber er

latscht mir nach, an Bierbuden
vorbei, an Massagesalons …
»Halt mich auf dem laufenden,
Kumpel, halt mich auf dem
laufenden, ich will wissen,
was sich so tut …«
Er ist mein Neuer. Ich habe
ihn noch nie mit einem anderen
aus der Gegend reden sehen.
Die Karre rattert ein Stück
hinter mir her. Dann fällt
etwas heraus. Er bleibt stehen
und hebt es auf. Während er
sich bückt, verschwinde ich
durch den Eingang des grünen
Hotels an der Ecke, gehe
durchs Foyer und hinten heraus.
Eine Katze hockt da und
scheißt, rundum zufrieden. Sie
grinst mich an.

SANDRA

Sie ist die große schlanke
Schlafzimmerpuppe mit Ohr-
ringen und Abendkleid und
hohen Absätzen, stets in
aufgekratzter Stimmung,
high von Tabletten oder
Promille.

Sandra beugt sich aus
ihrem Sessel, *beugt* sich
rüber bis Glendale.

Ich erwarte jeden Augenblick
daß sie mit der Stirn an den
Türknauf der Besenkammer stößt
während sie sich an ihrer
Kippe die nächste Zigarette
anzündet.

Sie ist 32, mag junge
saubere unverbrauchte
Boys mit Gesichtern wie
fabrikneues Porzellan.

Das hat sie mir gleich
verkündet, und seither
hat sie schon mehrere
Beutestücke mitgebracht
damit ich sie begutachte:
stille blonde Nullen
aus jungem Fleisch, die

a) sitzen
b) stehen
c) reden
auf ihr Kommando.

Manchmal bringt sie einen
manchmal zwei
manchmal drei
und führt sie
mir vor.

Sandra sieht sehr gut aus
in langen Kleidern.
Sandra könnte einen Mann
wahrscheinlich zum
Verzweifeln bringen.

Ich hoffe, sie findet
einen.

DU

Du bist ein Tier, sagte sie.
Dieser große weiße Bauch.
Diese haarigen Füße.
Du schneidest dir nie
die Zehennägel.
Und fette Hände hast du,
Pfoten wie eine Katze.
Diese knallrote Nase.
Und die größten Eier,
die ich je gesehen habe.
Dein Saft spritzt raus
wie bei einem Wal das
Wasser aus dem Loch
im Rücken.

Du Tier, Tier, Tier,
sagte sie und küßte mich,
was willst du zum
Frühstück?

SEXBOMBE

»Weißt du«, sagte sie, »du warst
an der Bar, deshalb konntest
du es nicht sehen, aber ich hab
mit diesem Typ getanzt. Wir
haben sehr eng getanzt. Aber
ich bin nicht mit ihm nach
Hause. Er wußte ja, daß ich
mit dir da war.«

»Na vielen Dank«, sagte ich.

Sie dachte ständig an Sex.
Sie trug es mit sich herum
wie etwas in einer Einkaufs-
tüte.
Sowas von Energie.
Sie vergaß es nie.
Sie starrte jeden Mann an.
In Frühstücksbuden
über Schinken und Rührei,
oder später, um Mittag,
bei einem Sandwich,
am Abend beim Steak.

»Mein großes Vorbild ist
Marilyn Monroe«, erzählte
sie mir.

»Sie rennt immer in die
nächste Disco und tanzt mit
irgendeinem Affen«, sagte

ein Freund zu mir. »Ich staune,
daß du dir das schon so lange
gefallen läßt.«

Auf der Pferderennbahn
pflegte sie zu verschwinden,
und wenn sie wieder auftauchte,
sagte sie jedesmal: »Drei Männer
wollten mich zu 'nem Drink einladen!«

Oder ich verlor sie auf dem
Parkplatz, und wenn ich mich
umsah, kam sie gerade mit einem
wildfremden Mann an. »Na, er
kam von da drüben und ich von
hier, da bin ich eben ein Stück
mit ihm gegangen. Ich wollte
nicht, daß er sich abgewiesen
vorkommt.«

Sie sagte, ich sei ein arg
eifersüchtiger Mann.

Eines Tages fiel sie einfach
in ihre Muschi rein und
verschwand.

Es war, als würde ein Wecker
in den Grand Canyon fallen.
Es schepperte und rasselte
und klingelte, und dann
sah und hörte ich nichts mehr.

Jetzt geht es mir wesentlich besser. Ich nehme Unterricht in Steptanz und trage einen schwarzen Filzhut, den ich mir schräg übers rechte Auge ziehe.

MUSIK AM MORGEN

Es ist besser als Liebe, denn
es hinterläßt keine Wunden: am Morgen
stellt sie das Radio an, Brahms oder Ives
oder Strawinsky oder Mozart. Sie kocht
die Eier und zählt laut die Sekunden:
56, 57, 58 ... Sie pellt die Eier,
bringt sie mir ans Bett. Nach dem
Frühstück sitze ich in meinem alten
Sessel und höre mir die Musik an. Sie
trinkt ihr erstes Glas Scotch und
raucht ihre dritte Zigarette. Ich sage
ihr, daß ich mal wieder auf ein paar
Pferde wetten muß. Sie ist seit zwei
Tagen und Nächten da. »Wann sehe ich
dich wieder?« frage ich. »Wann du
willst«, meint sie. Ich nicke, und
das Radio spielt Mozart dazu.

BETÄUBUNGSMITTEL

Ich litt an den Nachwirkungen einer
Affäre, die in die Brüche gegangen
war. Ehrlich gesagt, ich fühlte mich
so beschissen und elend, als rutschte
ich in eine Grube ohne Boden, und da
bescherte mir ein glücklicher Zufall
diese Lady. Sie hatte ein großes Bett
mit einem perlenbestickten Überwurf
plus Wein, Sekt, Zigaretten, Tabletten
und einen Farbfernseher.
Wir blieben den ganzen Tag im Bett,
tranken Wein und Sekt, rauchten,
warfen dutzendweise Tabletten ein,
während ich in meinem beschissenen
und elenden Zustand versuchte, über
diese Affäre wegzukommen, die in die
Brüche gegangen war. Ich starrte
auf die bunte Mattscheibe, um mich
zu betäuben, aber das einzige, was
wirklich half, war dieses endlose
Fernsehdrama über Spione – amerikanische
und russische Spione, alle sehr clever
und cool, ihre Frauen wußten es nicht,
ihre Kinder wußten es nicht, sie selber
wußten es kaum. Ich erfuhr alles über
Gegenspionage, Doppelspione, und dann
verwandelte sich dieser eine Doppel-
spion plötzlich in einen dreifachen,
es wurde ganz schön verwirrend. Ich
glaube, nicht einmal der Drehbuchautor
wußte, was lief. Es ging stundenlang.

Wasserflugzeuge zerschellten an Eisbergen, ein Priester in Madison/Wisconsin brachte seinen Bruder um, nach Peru verschifften sie in einem Sarg einen Block Eis anstelle des größten Diamanten der Welt, Blondinen schlenderten durch Zimmerfluchten und aßen Windbeutel und Walnüsse, aus dem dreifachen Spion wurde ein vierfacher, jeder trieb es mit jedem, es ging weiter und weiter, die Stunden vergingen, und schließlich verschwand alles wie eine Büroklammer in einem Müllsack, und ich griff rüber und knipste den Fernseher aus, und zum erstenmal seit anderthalb Wochen konnte ich wieder richtig schlafen.

HEISSE ALTE MAMA

Sie trug eine platinblonde Perücke,
hatte Rouge und Puder auf dem Gesicht,
malte sich den Mund dick mit Lippen-
stift an, so daß er zu einer großen
Schnute wurde, und sie hatte einen
faltigen Hals, aber ihr Hintern
war noch der eines jungen Mädchens,
und auch die Beine waren gut.

Ich werkelte ihr den blauen Slip
herunter, hob ihr Kleid hoch, und
im flackernden Licht des Fernsehers
machten wir es im Stehen. Wir
stolperten durchs Zimmer (Ich muß
nekrophil sein, dachte ich, ich er-
wecke die Toten wieder zum Leben.
Fabelhaft. Als würde man um 3 Uhr
morgens kalte Oliven essen, während
die halbe Stadt in Flammen steht),
und so kam es mir.

Ihr Boys könnt eure Jungfrauen
behalten. Gebt mir die heißen alten
Mamas, mit Pfennigabsätzen, mit
Ärschen, die vergessen haben, alt
zu werden.

Natürlich, hinterher kneift man aus.
Oder säuft sich sinnlos einen an.
Was dasselbe ist.

Wir tranken stundenlang Wein und
sahen fern, und als wir ins Bett
krochen, um uns auszuschlafen,
biß sie sich an mir fest und
blieb so. Die ganze Nacht.

ASCHE

Ich kriegte seine Asche, sagte sie.
Ich bin damit raus aufs Meer gefahren
und hab sie verstreut. Sah überhaupt
nicht wie Asche aus. Sie hatten die
Urne mit so grünen und blauen Kieseln
aufgefüllt …

Und von seinen Millionen hat er dir
nichts vermacht?

Nichts, sagte sie.

Nachdem du all diese Frühstücke und
Mittagessen und Abendessen mit ihm
ertragen hast? Und den ganzen
Bullshit, den er erzählt hat?

Er war hochintelligent.

Du weißt schon, was ich meine.

Jedenfalls, ich kriegte die Asche.
Und du hast meine Schwestern
gefickt!

Nie im Leben hab ich deine
Schwestern gefickt.

Doch, hast du.

Eine hab ich gefickt.

Welche?

Die Lesbe, sagte ich. Sie brachte mir Drinks und Essen vorbei. Ich hatte keine große Wahl.

Ich gehe! sagte sie.

Vergiß deine Flasche nicht.

Sie ging rein und holte sie.

An dir ist so wenig dran, sagte sie, daß sie in die Urne ihre ganzen grünen und blauen Kiesel reinschütten müssen, wenn sie dich mal einäschern.

Schon gut, sagte ich.

In sechs Monaten sprechen wir uns wieder! schrie sie und knallte die Tür zu.

Tja, dachte ich, die werde ich nur los, wenn ich auch noch ihre andere Schwester ficke. Ich ging ins Schlafzimmer und begann, nach der Telefonnummer zu suchen. Ich erinnerte mich nur noch, daß sie in San Mateo wohnte und einen sehr guten Job hatte.

EIN ANDERES BETT

Ein anderes Bett
eine andere Frau

Neue Vorhänge
ein anderes Schlafzimmer
eine andere Küche

Andere Augen
anderes Haar
andere Füße und Zehen

Keiner kann damit
aufhören. Es ist ein
ewiges Suchen.

Du bleibst im Bett,
sie steht auf, zieht
sich an, muß zur Arbeit.
Du fragst dich, was
mit der letzten geworden ist
und der davor ...
Es ist alles so bequem –
sie lieben dich,
schlafen neben dir ein,
sind zärtlich und gut zu dir.

Sie geht aus dem Haus, du
stehst auf und benutzt ihr
Badezimmer, es ist alles
so intim, und so fremd.

Du legst dich wieder ins
Bett und schläfst noch
eine Stunde.

Dann gehst du, mit Bedauern,
aber du wirst sie wiedersehen,
egal ob es was wird oder
nicht.

Du fährst raus an den Strand
und sitzt da, in deinem Auto.
Es ist fast Mittag.

Ein anderes Bett. Andere Ohren,
Ohrringe, Münder, Slipper, Kleider.
Farben. Türen. Telefonnummern.

Früher hattest du noch die Kraft,
allein zu leben. Für einen, der
auf die sechzig zugeht, solltest
du mehr Verstand haben.

Du startest den Wagen, machst
den Gang rein und denkst: Wenn
ich zu Hause bin, werde ich
Jeanie anrufen. Ich habe sie
seit Freitag nicht mehr gesehen.

DER BOHRER

»Unser Hochzeits-
album«, steht da.
Ich sehe es mir an.
Zehn Jahre haben sie es
miteinander ausgehalten.
Sie sind einmal jung
gewesen. Jetzt liege ich
im Ehebett.
Er ruft sie an:
»Ich will meinen
Bohrer zurück. Leg ihn
mir raus. Ich komm um zehn
und hol die Kinder ab.«
Er kommt an, wartet
draußen vor der Tür,
fährt mit den Kindern weg.
Sie kommt wieder zu mir
ins Bett. Ich mache
das eine Bein lang und
drücke es an ihres.
Jung bin ich auch einmal
gewesen. Es gibt einfach
keine Beziehungen, die
lange halten.
Ich denke zurück an die
Frauen in meinem Leben.
Es scheint, als habe es
sie nie gegeben.

»Hat er seinen Bohrer mit-
genommen?« frage ich sie.
»Ja, er hat ihn mitgenommen.«

Werde auch ich einmal hier
auftauchen, um meine Bermuda-
Shorts zu holen und mein
Barock-Album von der Academy
of St. Martin in the
Fields? Vermutlich,
ja.

HEXENSTICH

Diesmal versuchte ich es
im Stehen. Meistens
klappt das nicht.
Aber diesmal schien es
zu gehen …

Sie sagte ständig
»O Gott, hast du'n
Paar starke Beine!«

Es ließ sich ganz
gut an, bis sie ihre
Beine hochnahm und
um mich wickelte.

»O Gott, hast du'n
Paar starke Beine.«

Sie wog ungefähr
62 Kilo und hing da
an mir dran, während
ich ackerte.

Als es mir gerade
kam, passierte es –
ein Hexenstich zuckte
mir den ganzen Rücken
hoch.

Ich ließ sie auf die
Couch fallen und ging
im Zimmer auf und ab.
Der Schmerz blieb.

»Hör zu«, sagte ich
zu ihr. »Besser, du
gehst jetzt. Ich muß
noch einen Film entwickeln
in meiner Dunkelkammer.«

Sie zog sich an und ging.
Ich stakte in die Küche,
um mir ein Glas Wasser
zu holen. Ich hatte das
volle Glas in der linken
Hand, als mir wieder ein
Stich hochzuckte bis
hinter die Ohren. Das
Glas fiel mir aus der Hand
und zerschellte am Boden.

Ich ließ mir heißes Wasser
in die Wanne und streute
Epsomer Bittersalz rein.
Kaum hatte ich mich darin
ausgestreckt, da läutete
das Telefon. Also wieder
hoch. Der Schmerz fuhr mir
in die Arme, ins Genick.
Ich warf mich herum, packte
den Rand der Wanne, stieg

heraus. Grüne und gelbe
und rote Blitzlichter
zerbarsten in meinem Schädel.

Das Telefon klingelte immer
noch. Ich hob ab. »Hallo?«

»Ich liebe dich!« sagte
sie.

»Danke«, sagte ich.

»Ist das alles, was du
zu sagen hast?«

»Ja.«

»Friß Scheiße!« sagte sie
und legte auf.

So schnell vertrocknet
die Liebe, dachte ich,
während ich zurück zur
Wanne humpelte. Sogar
noch schneller als dein
Saft.

GEDICHT FÜR EINE TOTE KOLLEGIN

Ich sehe dich vor einem Springbrunnen,
wie du Wasser trinkst aus winzigen
blauen Händen, nein, sie sind nicht
winzig, deine Hände, sie sind klein
und der Springbrunnen ist in Frankreich,
von wo du mir jenen letzten Brief ge-
schrieben hast, und ich antwortete
darauf, aber es kam keiner mehr von
dir. Du hast verrückte Gedichte
geschrieben über ENGEL und GOTT, alles
in Großbuchstaben, du hast berühmte
Künstler gekannt, und die meisten von
ihnen wurden deine Liebhaber. Schon
recht, schrieb ich dir, nur zu, laß
dich mit ihnen ein, ich bin nicht
eifersüchtig, wir sind uns ja nie
begegnet. Einmal, in New Orleans, hätte
es fast gereicht, nur ein halber Häuser-
block war zwischen uns, aber ich habe
dich nie getroffen, nie berührt. Und so
bist du mit den Berühmten gegangen und
hast über sie geschrieben, und natürlich
hast du bald gemerkt, daß die Berühmten
nur eins im Kopf haben, nämlich ihren
Ruhm – nicht das schöne junge Girl,
das bei ihnen im Bett liegt und ihnen
das gibt und am nächsten Morgen wieder
Gedichte in Großbuchstaben schreibt
über ENGEL und GOTT. Gott ist tot,
haben sie uns gesagt, aber wenn ich
deine Sachen las, war ich mir nicht mehr

so sicher. Vielleicht lag es an den Großbuchstaben. Du warst eine der besten. Immer wieder sagte ich den Verlegern, den Herausgebern: Druckt ihre Sachen, druckt sie, sie ist verrückt, aber sie hat den magischen Touch, sie hat ein Feuer, das nicht lügt. Ich hatte dich gern, wie man eine Frau gern hat, die man nie berührt und nur aus Briefen kennt, aus kleinen Fotos, die man aufbewahrt. Ich hätte dich mehr als gern gehabt in einem kleinen Zimmer, wo ich mir eine Zigarette drehe und dich im Badezimmer höre, auf dem Klo. Doch dazu kam es nicht. Deine Briefe wurden trauriger. Deine Liebhaber betrogen dich. Kid, schrieb ich, das tun sie alle. Es half dir nicht. Du sagtest, du hättest eine Bank, auf der du dich immer ausweinst, unten am Fluß neben einer Brücke, und dort würdest du jeden Abend sitzen und weinen, wegen der Liebhaber, die dich gekränkt und vergessen haben. Ich schrieb zurück, aber es kam keine Antwort mehr. Ein Freund schrieb mir von deinem Selbstmord, drei oder vier Monate danach. Wenn ich dir begegnet wäre, wer weiß, vielleicht wäre ich unfair zu dir gewesen, oder du zu mir. Es war besser so, wie es war.

FREIÜBUNGEN MIT SCHIKANEN

Ich hatte mehrere Abende hinter-
einander mit ihr in einer Kneipe
gesessen und meinen Charme
strapaziert (dabei war es keine
neue Geschichte – ich stellte
ihr schon seit 16 Monaten nach),
aber sie wollte einfach nicht mit
zu mir nach Hause, »weil du dort
diese andere Frau gehabt hast« ...
»Schon gut, schon gut«, sagte ich,
»aber was wollen wir denn *machen?*«

Sie war von irgendwo aus dem Norden
gekommen und hatte die ganze Zeit
bei einer Freundin gewohnt, aber
jetzt war sie auf Wohnungssuche
und hatte ihre Sachen in einem
gemieteten Anhänger. Sie ging raus
an den Anhänger und kramte einige
Decken hervor. »Gehn wir doch in
den Park«, sagte sie. »Spinnst du?«
sagte ich. »Und wenn die Bullen
kommen?« »Ach was, es ist doch
neblig«, meinte sie.
Wir gingen also in den Park, rollten
die Decken aus und fingen an. Da
näherten sich Scheinwerfer. Ein
Streifenwagen. »Schnell«, sagte
sie, »zieh dir die Hosen hoch! Ich
hab meine an.«

»Geht nicht«, sagte ich. »Alles
verheddert.«
Schon leuchteten sie uns mit ihren
Taschenlampen an und wollten wissen,
was wir da machten. »Knutschen«,
sagte sie. Der eine Cop sah mich an
und meinte: »Kann ich Ihnen nicht
verdenken.« Nach ein bißchen
Small Talk ließen sie uns
wieder allein.
Aber sie wollte immer noch nicht
in mein Bett, weil dort schon
»diese andere Frau« drin gewesen
war. Wir landeten schließlich
in einem dunklen stickigen Motel-
zimmer. Wir schwitzten und
knutschten herum und werkelten,
aber wir machten es. Nur, ich
meine, nach was für Strapazen …

Am folgenden Nachmittag waren wir
endlich bei mir in der Wohnung
und machten dasselbe nochmal richtig.

Eigentlich waren das gar keine
schlechten Cops in dieser Nacht
im Park – und von Cops sage ich
so etwas zum ersten Mal.
Ich hoffe, es bleibt auch dabei,
und ich komme nicht nochmal
in die Verlegenheit.

BEETHOVENS FÜNFTE

Das erste Mal hörte ich sie,
als ich mit einer Blondine
im Clinch lag, die das größte
Loch in ganz Scranton hatte.

Ich hörte sie wieder, als ich
meiner Mutter einen Brief
schrieb und ihr sagte, sie
solle mir meine 5000-Dollar-
Erbschaft schicken. Sie
schickte mir drei Kronenkorken
und die abgebrochenen Finger-
nägel meines Großvaters.

Die Fünfte macht dich noch
fertig, im Gras oder am Wett-
schalter, sagte mein Kater und
stelzte über den papageien-
gelben Teppich.

Wenn dich die Nummer 5 nicht
schafft, dann die Nummer 10,
sagte die Nutte auf dem Rennplatz
von Caliente, und als sie die
wunderschöne ketchup-rote Fahne
hochzogen, flennten 93 Taschen-
diebe dicke Tränen in den
violetten Staub.

Die Fünfte ist wie eine grimmige
Ameise, der eine Bande von
arroganten Junikäfern in einer
Frühstücksnische bei Sonnen-
aufgang den Orangensaft wegsäuft.

Und ich nahm die drei Kronenkorken
von meiner Mutter in die Hand und
schluckte sie runter, mitsamt
dem Einwickelpapier (Seiten aus
der Zeitschrift ›Cosmopolitan‹).

Ich kann sie wirklich nicht
mehr hören, die Fünfte. Und
einmal sagte ich es dieser
Frau in Ohio, ich hatte gerade
einen Sack Kohlen drei Stockwerke
hochgeschleppt, war betrunken und
benommen, und sie sagte: Wie
kannst du sagen, daß du dir nichts
machst aus etwas, das größer ist
als du es je sein wirst!
Na und? sagte ich. Es geht mir
ganz glatt von der Zunge.
Und sie saß auf einem grünen Stuhl
und ich auf einem roten, und
danach war zwischen uns beiden
Schluß.

40 GRAD

Vor dem Schlafengehen hatte sie
mir die Zehennägel geschnitten,
und am Morgen sagte sie: »Ich glaube,
ich bleibe einfach im Bett.«
Das hieß, sie würde nicht zur
Arbeit gehen. Wir waren bei mir
im Bett. Also nochmal einen Tag
und eine Nacht. Sie war ein guter
Kerl, aber sie hatte mir gerade
gesagt, daß sie ein Kind von mir
wollte. Und die Ehe. Da draußen
waren es 40 Grad. Beim Gedanken
an noch ein Kind und noch eine Ehe
wurde mir richtig schlecht. Ich
war darauf eingestellt, allein
zu sterben, in einem kleinen
Zimmer, und jetzt versuchte sie
meinen Lebensplan umzukrempeln.
Außerdem knallte sie immer die
Wagentür mit voller Wucht zu,
und beim Essen hängte sie ihr
Gesicht fast in den Teller.
An diesem Tag waren wir auf dem
Postamt gewesen, in einem Kaufhaus
und in einer Sandwichbude zum Lunch.
Ich kam mir schon wie verheiratet
vor. Auf der Fahrt nach Hause rammte
ich fast einen Cadillac. »Komm«,
sagte ich, »wir saufen uns einen an.«
»Nein«, wies sie mich zurecht, »es ist
noch zu früh.« Und dann knallte sie

die Wagentür zu. Es waren immer noch 40 Grad. Als ich meine Post durchsah, stellte sich heraus, daß die Haftpflichtversicherung 76 Dollar mehr wollte. Plötzlich kam sie hereingestürzt und schrie: »SCHAU HER, ICH WERDE GANZ ROT! GANZ FLECKIG! WAS SOLL ICH MACHEN??«

»Nimm ein Bad«, sagte ich.

Ich rief die Versicherung an, Ferngespräch, und verlangte eine Erklärung.

Sie randalierte und stöhnte in der Badewanne, und ich verstand am Telefon kein Wort. »Augenblick mal, bitte«, sagte ich.

Ich hielt die Muschel zu und schrie zu ihr hinein: »HEY! ICH BIN AM TELEFONIEREN! FERNGESPRÄCH! SEI DOCH MAL LEISE, MENSCHENSKIND!«

Die von der Versicherung bestanden auf den 76 Dollar. Sie sagten, sie würden es mir in einem Brief erklären.

Ich legte auf und ließ mich aufs Bett fallen. Ich hatte das Gefühl, als sei ich schon lange verheiratet.

Sie kam aus dem Bad und sagte: »Kann ich mich neben dich legen?« und ich sagte: »Okay.«

Nach zehn Minuten war ihre Hautfarbe wieder normal. Es lag an einer Niacin-Tablette, die sie genommen hatte. Sie

erinnerte sich, daß es jedesmal passierte.
Wir lagen da und schwitzten. Die
Nerven. Niemand hat soviel Seele,
daß er gegen die Nerven ankommt.
Aber das konnte ich ihr nicht sagen.
Sie wollte ein Baby.
So eine Scheiße.

PACIFIC TELEPHONE

Du hast es auf diese Luder
abgesehen, sagte sie, auf
diese Huren. Mit mir
wirst du dich nur langweilen.

Von denen bin ich geheilt,
sagte ich. Kannst ganz
beruhigt sein.

Wenn ich trinke, sagte sie,
tut mir die Blase weh. Es
brennt immer so.

Ich besorge hier das
Trinken, sagte ich.

Du wartest nur, daß das
Telefon klingelt, sagte sie.
Du siehst dauernd zum
Telefon hin. Wenn eins von
diesen Ludern anruft,
rennst du glatt hier raus.

Ich kann für nichts
garantieren, sagte ich.

Dann, wie auf Stichwort,
klingelte das Telefon.

Hier ist Madge, sagte das Telefon. Ich muß dich unbedingt sehen, es ist dringend.

Oh, sagte ich.

Ich bin in der Klemme. Ich brauch zehn Dollar. Gleich.

Bin gleich da, sagte ich und legte auf.

Sie sah mich an. Das war so ein Luder, sagte sie. Dein ganzes Gesicht hat gestrahlt. Was ist das bloß mit dir?

Hör zu, sagte ich, ich muß mal kurz weg. Warte hier auf mich. Ich komm gleich wieder.

Ich gehe, sagte sie. Ich liebe dich, aber du hast sie nicht mehr alle. Du bist ein hoffnungsloser Fall.

Sie griff sich ihre Handtasche und knallte die Tür hinter sich zu.

Wahrscheinlich eine schwere
Macke aus meiner Kindheit,
die mich so anfällig macht,
dachte ich.

Ich ging raus, stieg in den
VW, stellte das Radio an,
fuhr nach Norden, die Western
Avenue rauf. Links und rechts
stelzten Nutten auf und ab,
und Madge kam mir gefährlicher
vor als jede von ihnen.

ABENDSCHAU

Wir lagen im Bett, und
plötzlich kriegte sie
einen Koller. »Du mieser
Hund! Wart' nur, das
wirst du mir büßen!«

Ich mußte lachen. »Was
ist denn? Was hast du denn?«

»Du mieser Hund!« schrie sie.

Ich bekam ihre Handgelenke
zu fassen und hielt sie
fest. Sie strampelte.

Sie war einige Jahrzehnte
jünger als ich, aß nur
Reformkost und war sehr
kräftig.

»Du mieser Hund! Dir werd
ich's zeigen!« schrie sie.

Ich wälzte mich mit meinen
ganzen 225 Pfund auf sie
und drückte sie platt.

»Uugg, oooo, mein Gott, das
ist nicht *fair!* Ooooo, mein
Gott!«

Ich stieg herunter, ging ins andere Zimmer und setzte mich auf die Couch.

»Dich krieg ich dran, du Bastard«, sagte sie, »wart's nur ab!«

»Is gut, aber beiß ihn mir nicht ab«, sagte ich, »sonst machst du ein halbes Dutzend Frauen sehr unglücklich.«

Drinnen kletterte sie jetzt auf die schmale Rückwand des Bettgestells. Sie hockte da oben, die Beine angezogen, und sah sich die Abendnachrichten im Fernsehen an. Der Fernseher stand an der Wand gegenüber, und der Bildschirm tauchte sie in flackerndes Licht.

»Ich dachte, du wärst normal«, sagte ich, »aber du hast genauso einen Stich wie die anderen.«

»Sei still«, sagte sie, »ich will die Nachrichten hören!«

»Schau her«, sagte ich, »ich ...«

»Schscht!« sagte sie.

Und da saß sie, auf der Rückwand
meines Bettgestells, ganz vertieft
in die Nachrichten. Ich
akzeptierte sie
so.

EINS FÜR OLD WACKELZAHN

Ich kenne eine,
die sich ständig
Puzzles kauft,
chinesische
Puzzles
aus Holz
und Draht,
Stücke, die am Ende
irgendwie ein Bild
ergeben. Sie
setzt sie zusammen
mit mathematischer
Präzision, sie
schafft sie alle.
Wohnt da unten am
Meer, streut Zucker
vor die Tür für
die Ameisen und
glaubt, letzten Endes,
an eine bessere Welt.
Ihr Haar ist schlohweiß,
sie kämmt es selten,
ihre Zähne sind ganz
abgekaut, und ihr
Körper, um den sie
die meisten Frauen
beneiden würden, steckt
immer in weiten aus-
gebeulten Overalls.
Jahrelang irritierten mich
ihre Eigenheiten, die ich

für exzentrisch hielt,
z. B. daß sie Eierschalen
in Wasser einweichte,
damit die Pflanzen
Kalzium kriegten.

Doch wenn ich heute
an ihr Leben denke
und es vergleiche
mit dem von anderen,
die einen blenden
mit Schönheit, Glamour,
Originalität,
dann geht mir auf,
daß sie weniger Menschen
verletzt hat als alle,
die ich kenne.
Sie hat schauderhafte
Zeiten durchgemacht,
und vielleicht hätte
ich mich da mehr um sie
kümmern sollen, denn sie
ist die Mutter meines
einzigen Kindes, und
das mit uns beiden
war einmal die große
Liebe. Aber, wie gesagt,
sie hat sich behauptet
und dabei weniger Menschen
verletzt als alle,
die ich kenne,
und wenn man es
so ansieht, dann
hat sie eine bessere

Welt geschaffen. Sie
hat gewonnen.
Frances, dieses Gedicht ist
für dich.

CHICAGO

»Ich hab es geschafft. Ich bin
auf dem Weg nach oben.« Sie hatte
neue Stiefel, Hosen und einen
weißen Pullover an. »Ich weiß,
was ich jetzt will.« Sie war
aus Chicago und hatte sich im
Fairfax-Distrikt von L. A. ein-
quartiert.

»Du hast mir Champagner
versprochen«, sagte sie.
»Ich war besoffen, als ich
anrief. Kann's auch ein
Bier sein?«
»Nein. Gib mal deinen
Joint rüber.«
Sie inhalierte und blies
es gleich wieder aus.
»Das ist kein besonders guter
Stoff.« Sie gab mir die
Kippe zurück.

»Es ist ein Unterschied«, sagte
ich, »ob man im Leben voran-
kommt oder bloß hart wird.«

»Gefallen dir meine Stiefel?«
»Ja. Sehr hübsch.«
»Hör zu, ich muß wieder
los. Kann ich mal bei dir
aufs Klo?«

»Klar.«

Als sie wieder herauskam,
hatte sie sich die Lippen
dick nachgezogen. So einen
Mund hatte ich nicht mehr
gesehen, seit ich ein Junge
war. Ich küßte sie
unter der Tür und spürte,
wie sich die rote Schmiere
an meinen Lippen abrieb.

»Wiedersehn«, sagte sie.
»Wiedersehn«, sagte ich.

Sie ging den Weg hoch
zu ihrem Wagen.
Ich machte die Tür zu.

Sie wußte, was sie wollte
– mich jedenfalls nicht.

Von der Sorte kenne ich
mehr als von jeder
anderen.

EIN POET

Er hatte 2
oder 3 Tag
e gesumpft
und als er
auf die Bü
hne kam un
d das Publ
ikum ansah
wußte er s
ofort, daß
er es tun
würde. Auf
der Bühne
stand ein
Konzertflü
gel, und e
r ging hin
klappte de
n Deckel a
uf und kot
zte rein.

Dann macht
e er den D
eckel wied
er zu und
gab seine
Lesung.

Sie mußten
die Saiten

ausbauen u
nd den Kas
ten reinig
en und die
Saiten wie
der reinsp
annen.

Ich kann v
erstehen d
aß sie ihn
danach nie
mehr haben
wollten. A
ber den an
deren Univ
ersitäten
weiterzusa
gen, daß e
r ein Dich
ter ist, de
r gerne in
Konzertflü
gel kotzt
das war un
fair.

Sie berück
sichtigten
überhaupt
nicht die
Qualität s
einer Lesu
ng. Ich ke

nne diesen Poeten. Er ist genau wie wir al le: Für Ge ld kotzt d er überall rein.

WINTER

Ein großer verlotterter
Hund, von einem Auto
angefahren, schleppte sich
auf den Rinnstein zu und
gab fürchterliche Laute
von sich. Dann sackte er
zusammen. Das rote Zeug
lief ihm aus Mund und Arsch.

Ich starrte zu ihm hinüber
und fuhr weiter. Wie würde
ich aussehen, dachte ich,
mit einem sterbenden Hund
in den Armen an einem
Straßenrand in Arcadia. Das
Blut sickert mir ins Hemd
und in die Hose, in die
Unterhose, die Socken und
die Schuhe. Ich würde
dastehen wie ein Idiot.
Außerdem hatte ich mir
eine Kombinationswette
zurechtgelegt – die Nr. 2
im ersten Rennen und im
zweiten die Nr. 9. Ich
schätzte, daß das Daily Double
für diesen Tip so um die
140 Dollar zahlen würde,
deshalb mußte ich diesen
Hund da alleine sterben
lassen, direkt gegenüber vom

Einkaufszentrum, wo die Hausfrauen nach Sonderangeboten stöberten, während der erste Schnee auf die Sierra Madre fiel.

WAS SIE WOLLEN

Vallejo, der über Einsamkeit
schreibt und sich dabei zu
Tode hungert;
Van Gogh, dem eine Hure
sein Ohr zurückschickt;
Rimbaud, der nach Afrika
flieht, um sein Glück
zu machen und sich statt
dessen eine unheilbare
Krankheit holt;
Beethoven, dem die Ohren
dichtmachen;
Pound, den sie in einem
Käfig durch die Straßen
schleifen;
Chatterton, der Rattengift
schluckt;
Hemingway, dem das Hirn
in den Orangensaft spritzt;
Pascal, der sich in der
Badewanne die Pulsadern
öffnet;
Artaud, in ein Irrenhaus
gesperrt;
Dostojewski, an die Wand
gestellt;
Crane, der direkt in eine
Schiffsschraube springt;
Lorca, den spanisches Militär
auf einem Feldweg erschießt;
Berryman, der von einer

Brücke springt;
Burroughs, der seine Frau
erschießt;
Mailer, der seine mit dem
Messer absticht.
Das ist es, was sie wollen:
eine gottverdammte Show,
eine gleißende Kinoreklame
mitten in der Hölle.
Das ist es, was sie wollen,
diese dumpfen
sprachlosen
abgesicherten
öden Bewunderer
des Rummels.

IRON MIKE

Wir unterhielten uns
über einen Film, in dem
Cagney diese Schnepfe mit
Grapefruit füttert,
schneller als sie schlucken
kann, und prompt
verknallt sie sich in ihn.

»Das klappt aber nicht
immer«, sagte ich zu Iron Mike.

Er grinste und sagte:
»Yeh.«

Dann langte er runter und
griff an seinen Gürtel.
32 weibliche Skalps
baumelten daran.

»Ich und mein großer
jüdischer Schwanz«, sagte er.

Dann hob er die Hände und
zeigte mir, wie groß.

»Oh, yeh, naja«, sagte ich.

»Sie kommen hier rein«, sagte
er, »ich fick sie, sie wollen
nicht mehr gehn, ich schmeiß
sie raus.«

»Ganz schön ruppig, Mike.«

»Diese eine da wollte nicht
mehr gehn, da bin ich einfach
aufgestanden und hab ihr
eine gelangt. Da ging sie.«

»Ich bring das nicht fertig,
Mike. Meine bleiben immer da,
spülen das Geschirr, schrubben
die Kruste aus der Kloschüssel,
schmeißen meine alten Renn-
programme raus ...«

»Mich kriegen sie nie dran«,
sagte er. »Ich bin unbesiegbar.«

Weißt du, Mike, kein Mann ist
unbesiegbar. Eines Tages
wirst du in die Knie gehen
vor zwei Augen wie aus einer
Kinderzeichnung. Du wirst
nicht mehr imstande sein,
ein Glas Wasser zu trinken
oder durch ein Zimmer zu
gehn. Die vier Wände werden
dich einmauern, die Geräusche
von der Straße, und du wirst
plötzlich MGs hören und
Mörsergranaten. Das wird der
Augenblick sein, wo du es
willst und nicht mehr
haben kannst.

Was dann an dir nagt
wird nicht der Zahn
der Liebe sein.

GURU

Er hat einen großen
schwarzen Bart und
eröffnet mir: »Du
mußt erst noch die
ANGST spüren.«

Ich seh ihn an
und in meinen Ein-
geweiden rasselt es
wie Schotter.

Ich sehe, wie er
die Augen nach oben
verdreht.

Er ist stark, hat
dreckige Fingernägel,
und an seinen Wänden
hängen Säbel.

Er kennt sich aus:
Bücher, Renntips,
der beste Weg nach
Hause.

Ich mag ihn,
aber ich glaube,
er lügt.
(Ganz sicher
bin ich mir
allerdings nicht.)

Seine Frau sitzt
in einer dunklen
Ecke.
Als ich sie kennen-
lernte, war sie
die schönste Frau,
die mir je begegnet
war.
Jetzt ist sie
sein Ebenbild
geworden.

Vielleicht nicht
seine Schuld.
Vielleicht ist es
das, was uns alle
so werden läßt.

Kaum habe ich das
Haus der beiden
verlassen, da
spüre ich sie,
die Angst.

Der Mond sieht
krank aus. Das
Lenkrad rutscht mir
aus den Händen.
Ich bugsiere den Wagen
aus der Einfahrt,
fahre in Schlangenlinien
bergab, ramme fast
einen blaugrünen Schlitten,
der am Straßenrand parkt.

Fahr ihn zu Brei, Beatrice,
diesen schlingernden Poeten, haha,
diesen kläglichen Hundesohn
der Angst.

DIE PROFESSOREN

Da sitze ich, mit den
Professoren, die Unter-
haltung dreht sich um
Allen Tate und John
Crow Ransom, die Teppiche
sind sauber, die Tisch-
platten blankpoliert,
es ist die Rede von
Budgets, von neuen
Werken, die sie in
Arbeit haben, und ein
offener Kamin ist auch
da. Der Küchenboden ist
frisch gebohnert, und
ich habe gerade zu Abend
gegessen, die letzte
Lesung war gestern um
diese Zeit, und bis
heute früh um 3 habe ich
getrunken.

Jetzt soll ich wieder
lesen, in einem College
ganz in der Nähe. Ich
bin in Arkansas, es ist
Januar, jemand erwähnt
sogar Faulkner. Ich gehe
aufs Klo und würge das
Essen wieder aus. Als ich
herauskomme, warten sie
schon alle in der Küche,

in Mänteln und Umhängen.
In 15 Minuten ist die
Lesung. Sie versprechen mir
ein halbwegs volles Haus.

DER PREIS

Ich habe zwei Nutten zu
Besuch, und wir trinken
15-Dollar-Sekt, Cordon
Rouge.

Die eine heißt Georgia und
hat etwas gegen Strumpf-
hosen: Ich helfe ihr immer
wieder, ihre dunklen Netz-
strümpfe hochzuziehen.

Die andere heißt Pam –
hübscher, aber nicht so viel
Seele. Wir rauchen und
reden, ich fummle an diesem
und jenem Bein, und einmal
stecke ich meinen nackten
Fuß in Georgias Handtasche,
und es stellt sich heraus,
daß sie jede Menge Pillen-
fläschchen darin hat. Ich
werfe ein paar Kapseln ein.

»Hört mal«, sage ich, »die
eine von euch hat Seele,
die andere das gute Aussehen
– warum kann ich nicht eine
Kombination aus beidem haben?«

»Wenn du mich willst«, sagt Pam, »kostet es dich ’n Hunderter.«

Wir trinken noch einiges. Georgia kippt vornüber auf den Teppich und kommt nicht mehr hoch.

Ich sage Pam, daß mir ihre Ohrringe sehr gefallen. Sie hat langes rotes Haar. Natur.

»Das mit dem Hunderter war nicht ernst gemeint«, sagt sie.

»Oh?« sage ich. »Was wird es mich denn dann kosten?«

Sie nimmt mein Feuerzeug, steckt sich damit eine Zigarette an und wirft mir über die Flamme hinweg einen Blick zu.

Ihre Augen sagen es mir.

»Du«, sage ich, »ich glaube, diesen Preis kann ich nicht noch einmal zahlen.«

Sie schlägt die Beine übereinander, macht einen Zug an der Zigarette, bläst den Qualm von sich und sagt mit einem Lächeln: »Klar kannst du.«

TRAURIGE LADY

Sie lebt da oben
im Norden und betrinkt
sich mit Wein, während
ihr Mann im Büro ist.
Ihre Gedichte erscheinen
in den kleinen Zeit-
schriften. Sie betont
immer, wie wichtig ihr
das ist. Zwei dünne
hektographierte Bändchen
von ihr sind schon
gedruckt worden. Sie hat
zwei oder drei Kinder
zwischen 6 und 15.
Sie war einmal eine
sehr schöne Frau, aber
das kann man heute
nur noch ahnen. Sie
schickt Fotos von sich,
wie sie auf einem Felsen
am Meer sitzt, einsam
und ohne Hoffnung. Ich
hätte sie einmal haben
können. Ich frage mich,
ob sie denkt, ich hätte
sie vor diesem Leben
bewahren können.

In ihren Gedichten wird
ihr Mann nie erwähnt. Aber
von ihrem Garten ist oft

die Rede. Den gibt es also.
Und vielleicht macht
sie sich's ab und zu mit
einer Rosenknospe und
erschauert, ehe sie ihr
nächstes Gedicht schreibt.

AMPELN

Die Alten machen ein Spiel
im Park über dem Meer.
Mit langen Stecken schieben
sie Figuren über eine
betonierte Fläche. Sie
spielen zu viert, und
18 oder 20 sitzen in der
Sonne und sehen zu. Ich
komme an ihnen vorbei
auf dem Weg zur öffentlichen
Bedürfnisanstalt. Mein Auto
wird gerade repariert.

Eine alte Kanone sitzt im
Park, verrostet und un-
brauchbar. Sechs oder sieben
Segelboote kreuzen unten
auf dem Wasser.

Ich zieh mir den Reißverschluß
wieder hoch, und als ich
herauskomme, spielen sie
immer noch. Zwei Frauen und
zwei Männer.

Die eine Frau hat falsche
Wimpern und raucht eine
Zigarette. Ihr Gesicht ist
stark gepudert. Die Männer
sind sehr klapprig,
sehr blaß,

ihre Armbanduhren
quetschen ihnen die
Handgelenke ab.

Die zweite Frau ist sehr dick
und kichert jedesmal,
wenn sie einen Punkt macht.

Einige sind in meinem Alter.

Sie machen mich krank,
wie sie da auf den
Tod warten
mit dem Gleichmut von
Verkehrsampeln.

Das sind die Leute, die
jeder Reklame glauben;
das sind die Leute, die
ihr Gebiß auf Raten kaufen;
das sind die Leute, die
jeden Festtag feiern;
das sind die Leute, die
Enkelkinder haben;
das sind die Leute, die zur
Wahl gehen;
das sind die Leute, die
keine Beerdigung auslassen.

Sie sind die Toten,
der Smog,
der Gestank in der Luft,
die Aussätzigen.
Sie sind, letzten Endes,
fast die ganze Menschheit.

Die Möwen da draußen
sind mehr wert,
die Algen,
der dreckige Sand.

Wenn ich diese alte Kanone
reparieren und auf sie
richten könnte – ich
würde es tun.

Sie machen mich krank.

462 0614

Ich bekomme jetzt viele
Anrufe. Sie sind alle
gleich. »Sind Sie Charles
Bukowski? Der all diese
Sachen schreibt?«
»Ja«, sage ich.
Sie sagen mir, daß sie
mein Zeug verstehen,
und manche sind selber
Schriftsteller oder
wollen welche werden,
und sie haben öde
schauerliche Jobs
und rufen mich an,
weil sie es an diesem
Abend nicht mehr aus-
halten in ihrer Wohnung,
in ihrem Zimmer,
in ihren vier Wänden –
sie wollen mit jemand
reden,
und sie wollen nicht
begreifen, daß ich ihnen
nicht helfen kann,
daß ich die erlösenden
Worte nicht weiß.
Sie können nicht be-
greifen, daß ich jetzt
oft in meinem Zimmer
einknicke und mir die
Hände in den Bauch presse

und stöhne: »O Gott, nicht
schon wieder!«
Sie können nicht begreifen,
daß die abgestumpften
Mitmenschen,
die Einsamkeit,
die Straßen,
die Wände
auch für mich
dieselben sind.
Und wenn ich auf-
lege, denken sie,
ich hätte ihnen mein
Geheimnis verschwiegen.

Ich schreibe nicht, weil
ich etwas besser weiß.
Wenn das Telefon läutet,
würde ich auch gerne
Worte hören, die mir
einiges leichter machen.

Deshalb steht meine Nummer
im Telefonbuch.

RECHTE GERADE

Ich habe einen Spruch:
»Die Harten kommen
immer wieder.«
Aber Vera war weicher
als die meisten,
deshalb überraschte es
mich, als sie an diesem
Abend ankam und sagte:
»Laß mich rein.«

»Nein, ich sitze grade
an einem Sonett.«

»Ich geh ja auch gleich
wieder, ich bleib nur
einen Augenblick.«

»Vera, wenn ich dich rein-
lasse, hängst du mir hier
wieder 3 oder 4 Tage rum.«

Ich hatte das Licht über
der Tür nicht an, deshalb
sah ich es nicht kommen:
eine rechte Gerade, die mir
mitten auf der Brust
explodierte.

»Baby, das war ein sehr
schöner Punch. Jetzt
schieb ab.«

Ich machte die Tür zu.

Nach 5 Minuten war sie
wieder da: »Hank, ich kann
mein Auto nicht mehr finden!
Ich schwör dir's! Ich finde
es nicht mehr! Hilf mir
mein Auto suchen!«

Ich sah meinen Freund
Bobby-the-Riff vorbei-
gehen. »Hey, Bobby,
hilf mal der Tante
ihr Auto suchen. Wir
machen es dann später
klar, ja?«

Später erzählte mir Bobby,
sie hätten ihr Auto bei
jemand in der Nähe auf
dem Rasen vor dem Haus
gefunden, die Scheinwerfer
an, und mit laufendem
Motor.

Vera hat seither nichts
mehr von sich hören lassen.
Es sei denn, sie ist es,
die jede Nacht um 2 und 3
und 4 Uhr anruft und keinen
Ton sagt, wenn ich mich
melde.

Aber Bobby meint, er kommt
mit ihr zurecht. Also habe
ich beschlossen, sie
Bobby zu überlassen.

Sie wohnt irgendwo in Glendale
in einer Seitenstraße. Wir
falten den Stadtplan
auseinander und schlürfen
unser Diätbier.

FOTOS

Sie fotografieren dich
auf deiner Veranda und
auf deiner Couch
und draußen, mitten auf
dem Hof, oder an dein
Auto gelehnt.

Diese Fotografinnen mit
drallen Ärschen, die dir
verlockender erscheinen
als ihre Augen und
ihre Art.

Da mimst du nun den Autor.
Inszenierte Scheiße,
Marke Hemingway und
James Joyce.

Aber sieh her: da stehen
die Bücher. Du hast sie
geschrieben. Du bist nie
in Paris gewesen, und
trotzdem hast du diese
ganzen Bücher geschrieben.
Die da, hinter dir,
und einige, die nicht mehr
dastehen, weil du sie
verloren hast oder
weil sie jemand
geklaut hat.

Brauchst nur wie Bukowski
aussehen und dich ablichten
lassen, das ist alles.

Aber deine Augen
bleiben immer wieder
kleben an diesen
erstaunlich drallen
Ärschen, und du denkst:
Die kriegt jemand
anderes.
»Sehn Sie mir in die
Augen«, sagen sie und
drücken auf den Auslöser,
fummeln an ihren Kameras,
lassen Blitzlichter
zucken.

Hemingway pflegte ein
bißchen zu boxen, oder
er ging fischen oder zum
Stierkampf. Du dagegen
wichst in die Bettlaken,
wenn sie wieder gegangen
sind, und nimmst ein
heißes Bad.

Sie schicken nie die Fotos,
trotz ihrer Versprechungen,
und die erstaunlich drallen
Ärsche sind für immer fort,
und du bist ein netter
literarischer Zeitgenosse
gewesen – heute noch

am Leben, bald schon
hinüber – und du hast sie
angesehen, ihre Augen, ihre
Art, und einiges mehr.

COUPONS

Die Zigaretten sind
noch naß vom verschütteten
Bier der letzten Nacht,
du steckst dir eine an,
würgst, machst die Tür
auf, läßt frische Luft rein,
und auf der Schwelle liegt
ein toter Spatz,
Kopf und Brust schon weg-
gefressen.
Am Türknauf baumelt eine
Reklame vom All American
Burger, sie besteht aus
mehreren Coupons und
teilt dir mit: Für jeden
Burger, den du zwischen
dem 12. und 15. Feb.
erstehst, kriegst du
eine normale Portion
Fritten und einen
10-Unzen-Becher Coca Cola
geschenkt.

Ich nehme die Reklame,
wickle den Spatz ein,
trage ihn zur Mülltonne
und werfe ihn rein.

Da seht ihr's: Ich verzichte auf Fritten und Cola, damit ich einen Beitrag zur Sauberhaltung meiner Stadt leisten kann.

GLÜCK

Ich fühle mich jedesmal
elend, wenn ich mir
diese Leute ansehe, die
Kaffee trinken und warten.
Am liebsten möchte ich sie
mit Glück überschütten.
Sie haben es nötig.
Nötiger als ich.

Ich sitze in Cafés und
sehe ihnen zu, wie sie
warten. Wahrscheinlich
gibt es sonst nicht viel
für sie. Die Fliegen
krabbeln an den Scheiben
rauf und runter, wir
trinken unseren Kaffee
und tun so, als sähen wir
aneinander vorbei. Ich
warte mit ihnen. Draußen,
hinter den krabbelnden
Fliegen, gehen die anderen
vorbei.

GRABENKRIEG

Die Grippe hat mich
erwischt, ich trinke
Bier und habe das
Radio an, laut genug,
um die Stereo-Anlage
der beiden da drüben
zu übertönen. Sie
sind gerade eingezogen.
Ob sie schlafen oder
wachen – ständig läuft
ihre Stereo-Anlage auf
Hochtouren, und sie
lassen Türen und Fenster
offen.

Sie sind beide 18, frisch
verheiratet, blond,
schlank, tragen rote
Schuhe. Sie spielen
alles: Jazz, klassische
Musik, Rock, Country,
Modern. Hauptsache,
es ist laut.

Das ist das Problem hier
in der Unterschicht: Jeder
muß den Krach der anderen
ertragen. Letzte Woche
war ich derjenige:
Ich hatte zwei Frauen
hier drin, die sich in

die Haare kriegten, und
dann rannten sie kreischend
aus der Bude und machten
draußen weiter. Die
Polizei kam.

Jetzt sind es die beiden
von gegenüber.
Ich gehe auf und ab
in meinen angeschmutzten
Shorts, zwei Gummi-
stöpsel tief in die
Ohren gebohrt.

Ich denke sogar schon
an Mord. Was für
rücksichtslose kleine
Karnickel! Wandelnde
Rotzbällchen!

Aber in unserem Land
und in unserem Milieu
hat es noch nie eine
Chance gegeben. Nur
wenn es mal nicht
ganz so schlecht geht,
vergessen wir es kurz.

Eines Tages werden sie
beide tot sein. Eines
Tages wird jeder in
seinem eigenen Sarg
liegen, und es wird
still sein. Aber

im Augenblick ist es
Bob Dylan Bob Dylan
Bob Dylan auf Deibel
komm raus.

DIE NACHT, ALS ICH ES MEINEM WECKER BESORGTE

Einmal war ich ziemlich
am Abschnappen, in Philadelphia,
ich hatte ein kleines Zimmer,
es wurde Nacht, und ich stand
an meinem Fenster im 3. Stock
im Dunkeln, und ich sah in eine
Küche rein, gegenüber, 2. Stock,
wo ein wunderschönes blondes Girl
gerade einen jungen Mann um-
armte und küßte, mit einigem
Hunger, wie es schien. Ich
stand da und sah es mir an,
bis sich die beiden voneinander
lösten. Dann drehte ich mich um
und knipste das Licht im Zimmer
an. Ich sah die Kommode an, die
Schubladen, und auf der Kommode
stand mein Wecker. Ich nahm
den Wecker mit ins Bett und
besorgte es ihm, bis ihm die
Zeiger abfielen. Dann verließ
ich das Zimmer und ging durch
die Straßen, bis ich Blasen an
den Füßen hatte. Als ich zurück-
kam, ging ich ans Fenster und
sah zu den beiden hinüber, und
das Licht in ihrer Küche war
aus.

WEIHNACHTEN

Weihnachtsabend, allein,
in einem Motelzimmer
unten an der Küste
am Pazifik – hörst du
ihn da draußen?
Sie haben versucht, das
Ding auf Spanisch her-
zurichten, mit Wand-
teppichen und Lampen;
das Klo ist sauber;
winzige Stückchen rosa-
rote Seife liegen da.
Hier werden sie uns
nicht finden: die
Barracudas, die Ladies,
die Heldenverehrer.
Da hinten in der Stadt
sind sie jetzt betrunken,
in Panik, rasen bei Rot
über die Kreuzung, feiern
den Geburtstag des Herrn
mit einem Schädelbruch.
Wie schön.
Bald werde ich diesen
halben Liter Rum aus
Puerto Rico ausgetrunken
haben. Am Morgen wird es
mir hochkommen, dann werde
ich duschen, wieder rein-
fahren, nachmittags gegen
eins werde ich einen

Sandwich essen, um zwei
bin ich wieder in meinem
Zimmer, liege auf dem Bett,
und wenn das Telefon klingelt,
gehe ich nicht ran.
Meine Weihnacht ist eine
Flucht, aber nach Plan,
und der Plan hat Hand
und Fuß.

WAHN UND WIRKLICHKEIT

Es gibt so viele alleinstehende
Frauen auf der Welt, mit
ein, zwei oder drei Kindern,
und man fragt sich, wo all
die Ehemänner oder Liebhaber
abgeblieben sind, die diese
Hände und Augen und Füße und
Stimmen zurückgelassen haben.
Wenn ich bei ihnen in der
Wohnung bin, sehe ich mit
Vorliebe in Wandschränke,
unter die Küchenspüle oder
in die Besenkammer, als würde
ich dort auf den Mann oder
Liebhaber stoßen, und er
würde zu mir sagen: »Hey, Buddy,
siehst du nicht, wie ausgeleiert
sie ist? Sie ist ausgeleiert, sie
hat Hängetitten und ißt ständig
Zwiebeln und furzt. Aber *ich*
hab zwei geschickte Hände, ich
repariere alles, ich weiß, wie
man mit einer Drehbank umgeht
und mach mir meine Ölwechsel
selber. Ich kann Billard spielen
und kegeln, und bei einem Gelände-
lauf bin ich jederzeit für einen
5. oder 6. Platz gut. Ich hab
einen Satz Golfschläger und
spiele ein ordentliches Handicap.
Ich weiß, wo der Kitzler ist und

was man damit anstellt. Ich hab einen Cowboy-Hut, bei dem die Krempe auf beiden Seiten steil hochgebogen ist. Ich bin gut mit dem Lasso und den Fäusten und hab die neuesten Tänze drauf.«

Und ich würde sagen: »Tja, schau her, ich wollte eigentlich gerade gehen.« Und dann *würde* ich auch gehen, ehe er mich zu einem Kräftevergleich im Armbiegen herausfordert oder einen schweinischen Witz erzählt oder mir zeigt, wie er die Tätowierung auf seinem rechten Bizeps zum Tanzen bringt.

Doch in Wirklichkeit finde ich in den Schränken nichts als Kaffeetassen und große braune Teller mit Sprüngen, und unter der Küchenspüle einen Stapel verkrustete Putzlappen, und im Wandschrank mehr Kleiderbügel als Kleider; und erst wenn sie mir das Album mit den Familienfotos zeigt, die Fotos von *ihm* – ganz nett schaut er aus, wie ein Schuhlöffel, oder wie ein Einkaufswagen, an dem die Räder nicht klemmen – erst dann verlassen mich meine Minder-

wertigkeitsgefühle, die Seiten
werden umgeblättert, da ist das
eine Kind, auf einer Schaukel,
in einem roten Kleid, und da
das andere, am Strand von Santa
Monica, wo es eine Möwe scheucht,
und das Leben ist nicht mehr
voller Gefahren, nur noch traurig,
und das ist gut genug: du kannst
zufrieden sein, daß sie dir eine
Tasse Kaffee bringt, eine Tasse,
die sie aus einem Schrank holen
kann, ohne daß *er* gleich
hinterher kommt.

GEDANKEN AN DAS ENDE

Wenn ich mir vorstelle
ich sei tot,
denke ich an Reihen von
Autos auf einem Parkplatz

Wenn ich mir vorstelle
ich sei tot,
denke ich an Bratpfannen

Wenn ich mir vorstelle
ich sei tot,
denke ich sofort, daß du
es ausnützt und fremdgehst

Wenn ich mir vorstelle
ich sei tot,
bekomme ich Atembeschwerden

Wenn ich mir vorstelle
ich sei tot,
denke ich an alle die Menschen,
die auf ihren Tod noch warten

Wenn ich mir vorstelle
ich sei tot,
wird die Luft ganz weiß

die Kakerlaken in meiner Küche
zittern
und jemand wird meine saubere
und dreckige Unterwäsche weg-
schmeißen müssen.

BIG MAX

In der Junior High School
war Big Max unser großes
Problem, vor allem in der
großen Pause, wenn wir rum-
hockten und unsere Erdnußbutter-
Stullen und Kartoffelchips aßen.
Borstige Haare wuchsen ihm
aus der Nase, auch seine
Augenbrauen waren borstig,
und seine Lippen glitzerten
vor Spucke. Er hatte bereits
Schuhgröße 45. Sein Hemd spannte
über einem massiven Brustkasten,
seine Unterarme sahen aus wie
Vierkanthölzer. Unter den Bäumen
hinter der Turnhalle, wo ich
mit meinem Freund Eli immer im
Schatten saß, kam er an und
stellte sich vor uns hin.
»Ihr beiden«, sagte er, »sitzt
dauernd mit eingefallenen
Schultern da! Und wenn ihr geht,
habt ihr 'ne Hühnerbrust! Wie
wollt ihr mal im Leben durch-
kommen?«
Wir gaben ihm keine Antwort.
Dann sah er mich an.
»Steh auf!«
Ich stand auf, und er ging
um mich herum und sagte:
»Bauch rein! Brust raus!«

Er stemmte mir sein Knie
ins Kreuz, packte meine
Schultern und zog sie
nach hinten. »So! Hat man
da nicht gleich ’n ganz
anderes Gefühl?!«
»Yeah, Max.«
Dann trollte er sich, und ich
nahm wieder meine normale
Haltung ein.
Big Max war wild entschlossen,
das Leben zu meistern.
Uns wurde schlecht, wenn wir
ihn bloß ansahen.

VERSUCH'S DOCH MAL SO

Nenn es Liebe
Stell es hin im letzten
Tageslicht
Zieh ihm was an
Sag ein Gebet, sing ein
Lied, fleh es an mit einem
Lachen und einem Weinen
Mach die Lichter aus
Stell das Radio an
Jetzt die Zutaten:
Butter, Eidotter, die
Zeitung von gestern, ein neuer
Schnürsenkel; dann
Paprika, Zucker, Salz, Pfeffer
Ruf deine beschickerte
Tante in Calexico an
Nenn es Liebe
Steck es auf einen Spieß
Gib Kohl und Apfelsoße dazu
Laß es schmoren, bis es durch ist
Tu es in eine Schachtel und
Verschenke es
Leg es jemand auf die
Türschwelle
Und schlag dich kotzend
Seitwärts in die Büsche.

ACHTZEHN MINUTEN NACH MITTERNACHT

Mitten in der Nacht
fällt mir der Kopf ab,
ich kratz mich links und
rechts, bin überall
verstochen, ich kicke
meine weißen Beine aus
den Laken, die Polizei-
sirenen heulen, ich höre
einen Schuß.

Ich gehe in die Küche
auf ein Glas Wasser, ich
unterbreche die Träume
einer Kakerlake, unterbreche
ihr Leben. Ein Sturm kommt auf
von Norden, der Mann von
gegenüber vergeht sich am
geköpften Torso einer
4jährigen Tochter, ich
höre die Schreie, rauche eine
Zigarre an, stecke sie meinem
geköpften Kopf zwischen die
Lippen. Es ist nur noch
ein Stumpen, schmeckt
schal, der Stumpen
einer *Medalist Naturáles* Nr. 7.

Mit einer Sprühdose gehe ich
zurück ins Schlafzimmer.
Ich drücke auf den Knopf. Es
zischt. Ich würge,

denke an vergangene Kriege,
gestorbene Liebesaffären.
Im Dunkeln passiert soviel,
doch morgen kommt die Sonne
wieder hoch, und du kriegst
einen Strafzettel für Falsch-
parken, donnerstags auf
der einen Seite der Straße,
freitags auf der anderen.
Die Gewissenhaftigkeit von
Sonne und Politessen – ein
Bollwerk der Vernunft.

Etwas beißt mich. Ich
drehe durch, sprühe
das halbe Bett voll.
Ich drehe mich um, sehe
den dunklen Spiegel,
den wabbeligen Bauch,
mich
alt.

Ich lache. Nur gut, daß sie
davon nichts wissen.

Ich nehme meinen Kopf
unter dem Arm hervor,
setze ihn wieder auf,
krieche unter die Decke
und kann nicht schlafen.

AUF DEM KONTINENT

Ich bin sentimental. Ich träume
sogar. Ich lasse mich träumen.
Ich träume davon, berühmt
zu sein. Ich träume davon,
daß ich durch die Straßen von
Paris und London gehe, in Cafés
erlesene Weine trinke und mit
einem Taxi zurückfahre in ein
gutes Hotel.
Ich träume davon, daß ich
im Foyer wunderschöne Ladies
treffe und sie abblitzen lasse,
weil mir ein Sonett durch den
Kopf geht, das ich aufschreiben
will, ehe die Sonne aufgeht.
Bei Sonnenaufgang werde ich
schlafen, und auf dem Fenstersims
hat es sich eine fremde Katze
bequem gemacht.

Ich denke, ab und zu empfinden
wir alle so etwas.
Sogar Andernach, wo alles für
mich anfing, würde ich gerne
einmal besuchen. Und dann nach
Moskau fliegen und mir denen ihre
U-Bahn ansehen, damit ich dem
Bürgermeister von L. A. etwas
leicht Anzügliches ins Ohr
flüstern kann, wenn ich zurück-
kehre an diesen verpfuschten Ort.

Es könnte passieren.
Ich bin zu allem bereit.
Ich habe schon Schnecken über
drei Meter hohe Mauern kriechen
und verschwinden sehen.

Und denk jetzt nicht, ich
sei ehrgeizig geworden.
Ich traue mir zu, darüber zu
lachen, wenn ich einmal das
große Los ziehen sollte.

Und ich werde dich auch nicht
vergessen. Ich schick dir
Ansichtskarten und Schnapp-
schüsse und das fertige
Sonett.

WETTERBERICHT

Ich vermute, es regnet gerade
in irgendeiner Stadt in Spanien,
während ich mich hier
so elend fühle.
Hilft irgendwie, diese
Vorstellung.
Oder denken wir uns ein
Dorf in Mexiko –
das klingt gut: ein Dorf
in Mexiko, während ich
mich elend fühle
in meinen vier alters-
gelben Wänden. Dieser Regen
da draußen,
ein Schwein rumort in
seinem Koben in der Nacht,
aufgescheucht vom Regen,
kleine Augen wie glühende
Zigarettenstummel, und
dieser blöde Ringelschwanz:
siehst du ihn?
Die Menschen dazu
kann ich mir nicht
vorstellen. Es fällt mir
schwer. Was tun sie?
Vielleicht ist ihnen
genauso elend. Oder
fast.
Ich frage mich, was sie wohl
tun, wenn sie sich elend
fühlen. Wahrscheinlich

reden sie gar nicht davon.
Sie sagen: »Schau mal,
es regnet.«
Das ist am besten.

JUNKIES

»Sie fixt sich in den
Hals«, erzählte sie mir.
Ich sagte ihr, sie solle mir
die Spritze in die Arschbacke
jagen, und sie versuchte es
und sagte: »O je ...«, und ich
sagte: »Was ist denn, verdammt?«
»Nix«, sagte sie. »Die New Yorker
Tour.« Sie versuchte es nochmal
und sagte: »Oh shit.« Ich nahm ihr
die Spritze aus der Hand und
steckte sie mir in den Arm. Einen
Teil kriegte ich noch ab.

»Ich versteh die Leute nicht, die
sich mit diesem Scheißdreck abgeben.
Soviel ist da gar nicht dran. Ich finde,
das sind alles Verlierer. Richtig
geil drauf, sich reinzureiten. Sie können
nicht anders. Als wollten sie irgendwo
hin und kämen nicht vom Fleck, und es
geht nicht anders. Sowas wird's wohl
sein. Sie fixt sich jetzt in den Hals.«

»Ich weiß«, sagte ich. »Ich hab mit ihr
telefoniert. Sie konnte kaum noch
reden. Sagte, es wäre Laryngitis. Hier,
trink noch was von diesem Wein da.«

Es war Weißwein und morgens um halb 5.
Ihre Tochter schlief im Zimmer nebenan.
Ihr Kabelfernseher lief, ohne Ton, ein
riesiger Bildschirm, und ein junger
John Wayne sah uns zu, und wir
küßten uns nicht und liebten uns
auch nicht, und als Bier und Wein
alle waren, ging ich, viertel nach 6,
damit ihre Tochter, wenn sie
aufstand und zur Schule mußte,
mich nicht bei ihrer Mutter im
Bett sitzen sah
mit Erinnerungen an
John Wayne und eine
verplemperte Nacht
und schlechten Aussichten
für uns alle.

99:1

Der flammende Hai
schnappt nach meinen
Eiern, während ich
durch die Fleisch-
abteilung gehe, auf
der Suche nach Salami
und Käse.

Hausfrauen mit violetten
Perücken befingern
75-Cent-Avocados und sehen
meinen Einkaufswagen als
verlängerten Schwanz.

Ich bin ein Mann mit einer
Mickymaus-Uhr, der in einer
Honkytonk-Telefonzelle in
Philadelphia auf dem Kopf
steht und an einer erdbeer-
roten Eiskremtitte lutscht,
mitten im Gewühl.

Plötzlich hör ich ringsum einen
Schrei aus vielen Kehlen:
VERGEWALTIGUNG! VERGEWALTIGUNG!
Tatsächlich, da hab ich
eine unter mir – rotgefärbtes
Haar, Mundgeruch, blaue Zähne.

Ich hatte mal eine Schwäche
für Monet. Er gefiel mir

sehr, dieser Monet. Schon
merkwürdig, dachte ich, was der
mit Farben so alles anstellt.

Frauen sind so teuer. Sogar
Hundeleinen sind teuer. Ich
denke, ich werde Luft verkaufen
in ockerfarbenen Tüten mit der
Aufschrift: Mondblüten.

Früher gefielen mir Flaschen
voll Blut, junge Mädchen in
Kamelhaarmänteln. Prinz
Eisenherz. Popeye der Seemann
mit dem harten Schlag.

Die Plackerei wird zum Selbst-
zweck. Es ist wie mit Korken-
ziehern: Einem Mann, der was taugt,
fallen keine Korkbrösel in den Wein.

Millionen von Männern haben sich
beim Rasieren schon gefragt,
warum sie nur die Bartstoppeln
beseitigen und nicht sich selber.

Spuck Watte, putz deinen Rück-
spiegel, lauf los, als wär dir's
ernst damit, besoffener Jockey,
die Huren werden siegen, die
Armleuchter werden siegen, aber
wenn die Startmaschine aufklappt,
zieh ab wie ein Vollblüter.

SCARLET

Ich bin froh, wenn sie kommen,
und ich bin froh, wenn sie
wieder gehen.

Ich bin froh, wenn ich ihre
Stöckelschuhe höre, die
draußen näherkommen,
und ich bin froh,
wenn sie wieder davon-
stöckeln.

Ich bin froh, wenn ich
ficken und mich kümmern
kann, und ich bin
froh, wenn es wieder
vorbei ist.

Und da immer etwas
anfängt oder gerade
zu Ende geht, bin ich
die meiste Zeit
froh.

Die Katzen stiefeln auf
und ab, die Erde dreht sich
unter der Sonne weg, und
das Telefon klingelt:

»Ich bin's. Scarlet.«

»Wer?«

»Scarlet.«

»OK, komm doch rüber.«

Ich lege auf und denke:
Vielleicht wird das
mein Glückstreffer.

Ein rascher Schiß, eine
Rasur, ein Bad, ich zieh
mich wieder an, trage die
Müllbeutel raus, die Kartons
voll Flaschen.

Dann sitz ich da und höre
das Geräusch von Stöckel-
schuhen, die sich nähern.
Hört sich nicht nach einer
leichten Eroberung an. Mehr
wie eine Armee auf Beutezug.

Es ist Scarlet, und der
Wasserhahn in meiner Küche
tropft und braucht ein
neues Sieb.

Darum kümmer ich mich
später.

UNTEN WIE OBEN

Rotes Haar. Echtes.
Sie schlenkerte es
und fragte: »Ist
mein Arsch noch dran?«

Immer zu Späßen auf-
gelegt.

Es findet sich doch
immer eine, die dich
vor einer anderen
rettet.
Und kaum hat sie's
getan, geht sie schon
dazu über, dich am
Boden zu zerstören.

»Manchmal hasse ich
dich«, sagte sie.

Sie ging raus, setzte sich
auf die Veranda und las
meinen Band Catull. Sie
blieb eine ganze Stunde
draußen.

Leute kamen vorbei und
fragten sich: Woher kriegt
dieser häßliche alte Kerl
so eine Schönheit.
Ich wußte es selber nicht.

Als sie hereinkam, packte
ich sie und zog sie auf
meinen Schoß. Ich hielt
ihr mein Glas hin und sagte:
»Hier, probier mal.«

»Oh«, sagte sie, »du hast
Wein und Jim Beam gemixt.
Du willst anscheinend über
die Stränge schlagen.«

»Du färbst dir das Haar
mit Henna, hab ich recht?«

»Du siehst nicht richtig
hin«, sagte sie.
Sie stand auf, zog ihre
Jeans herunter, dann den
Slip. Das Haar da unten
war genauso rot wie das
auf ihrem Kopf.

Mehr historische oder
märchenhafte Anmut
hätte sich auch Catull
nicht wünschen können.
Und dann vergaffte er sich
in zarte Jünglinge,
die nicht verrückt genug
waren, um Frauen zu
werden.

WIE EINE BLUME IM REGEN

Ich schnitt mir den Nagel
am Mittelfinger der rechten
Hand ganz kurz und rieb
ihr damit die Möse, als sie
nach dem Bad im Bett saß
und sich Gesicht und Arme
und Busen mit einer Lotion
einrieb.
Dann machte sie sich eine
Zigarette an. »Laß dich
nur nicht stören«, sagte sie,
während sie rauchte und sich
weiter einrieb.
Ich rieb auch
weiter.
»Willst du einen Apfel?«
fragte ich.
»Klar«, meinte sie. »Hast
du einen?«
Aber ich kriegte sie dran.
Sie rutschte hin und her,
dann legte sie sich auf
die Seite. Sie wurde naß
und ging auf wie eine
Blume im Regen. Dann
lag sie auf dem Bauch,
und ihr sagenhafter Hintern
sah mich an, und ich griff
darunter durch und knetete
ihr wieder die Möse.
Sie griff nach hinten und

packte meinen Schwanz,
sie rollte und wackelte
hin und her, ich stieg auf
und mein Gesicht fiel in diese
Masse von rotem Haar, das ihr
über den Rücken schwappte, und
mein feister Schwanz drang ein
in das Wunder.
Hinterher machten wir Witze
über die Lotion und die
Zigarette und den Apfel.
Dann ging ich raus und
besorgte Brathähnchen und
Shrimps und Fritten und
Brötchen und Kartoffelbrei
und Soße und Kohlsalat
und wir aßen. Sie sagte mir,
wie gut sie sich fühlte, und
ich sagte ihr, wie gut
ich mich fühlte, und wir aßen
das Brathähnchen und die
Shrimps und die Fritten und
die Brötchen und den Kartoffel-
brei mit Soße und den
Kohlsalat auch.

RIESIGE OHRRINGE

Ich sitze im Wagen und
warte auf sie, ich soll
sie irgendwohin fahren.
Sie hat immer etwas zu
tun, eine Menge zu
erledigen. Ich habe
nie etwas zu tun.

Sie kommt aus ihrem
Apartment. Ich sehe sie
im Rückspiegel näherkommen.
Sie ist barfuß und hat sich
nicht weiter in Schale
geworfen. Bis auf ein Paar
riesige Ohrringe.

Ich zünde mir eine Zigarette
an, und als ich wieder nach
ihr sehe, hat sie sich platt
auf die Straße gelegt.

Es ist eine sehr belebte
Straße.

Da liegt sie, mit ihren ganzen
112 Pfund. Schöner als alles
was man sich denken kann.

Ich stelle das Radio an und
warte, daß sie wieder auf-
steht.

Sie tut es.

Ich flippe ihr die Beifahrertür auf. Sie steigt ein. Ich fahre los. Der Song aus dem Radio gefällt ihr. Sie stellt das Radio lauter.

Sie scheint alle Songs zu mögen. Sie scheint sie alle zu kennen. Jedesmal wenn ich sie sehe, kommt sie mir noch schöner vor.

Vor 200 Jahren hätte man sie als Hexe verbrannt.

Jetzt tuscht sie sich die Wimpern schwarz. Während wir durch die Straßen fahren.

ETWAS MIT EINEM KAMM

Sie kam aus dem Badezimmer
mit ihrem feuerroten Haar
und sagte: Die Cops wollen,
daß ich vorbeikomme und einen
Typ identifiziere, der versucht hat,
mich zu vergewaltigen. Ich hab
schon wieder meine Wagenschlüssel
verloren. Aufschließen kann ich
noch, aber der Zündschlüssel ist
weg. Die versuchen alles, um mir
mein Kind wegzunehmen, aber
ich werd's nicht zulassen.
Rochelle ging fast an einer
Überdosis ein. Dann ging sie
mit irgendwas auf Harry los,
und er hat sie schwer verdroschen.
Sie hatte eh schon angebrochene
Rippen, verstehst du, und eine
ist ihr durch die Lunge gegangen.
Sie liegt im Landeskrankenhaus
in so einem Apparat. Wo ist mein
Kamm? Deiner hat lauter Schmant
zwischen den Zähnen.

Ich konnte nur noch sagen:
Ich hab ihn nicht gesehen,
deinen Kamm.

Die letzte Generation

DIE LETZTE GENERATION

In den zwanziger Jahren war es viel einfacher
ein Genie zu sein, es gab nur drei oder vier
Literaturzeitschriften, und wenn man darin
vier- oder fünfmal was unterbrachte, konnte man
in Gerties Salon landen, man trank vielleicht mal
ein Glas Wein mit Picasso, oder auch nur
mit Miró.

Ach ja, und wenn man seine Sachen
aus Paris schickte, wurde die Aussicht
auf eine Veröffentlichung viel besser.
Die meisten Autoren schrieben unter ihren Text
»Paris« und das Datum.

Mit einem Mäzen im Rücken hatte man Zeit
für Schreiben, Essen und Trinken, Fahrten
nach Italien, auch mal nach Griechenland.
Es war gut, sich mit seinesgleichen
fotografieren zu lassen, es war gut,
schlank und adrett und geheimnisvoll
auszusehen. Fotos am Strand waren Spitze.

Tja, und den 15 oder 20 anderen konnte man
Briefe schreiben und über dies und jenes
lästern. Es konnte sein, daß man einen
Brief von Ezra oder Hem bekam; Ezra erteilte
gern Ratschläge, und Hem hielt sich mit
Briefeschreiben in Form, wenn es mit dem
anderen nicht ging.

Damals war alles noch ein großes
romantisches Spiel, voll von
unbändigem Entdeckerdrang.

Heute –

heute gibt es so viele von uns, Hunderte von
Literaturzeitschriften und Verlagen, Tausende
von Titeln.

Wer soll aus all diesem Mulm überleben?
Fast schon peinlich, danach zu fragen.

Ich schaue zurück, lese Biografien über
die Boys und Girls aus den Zwanzigern –
wenn sie die verlorene Generation waren,
was sind dann wir, an unseren elektrischen
Schreibmaschinen, umgeben von atomaren
Sprengköpfen?

Die letzte Generation?

Bei den Verlorenen wäre mir wohler als bei
den Letzten. Die Bücher über *sie* lese ich
mit einem Gefühl von Nachsicht und Sympathie,
der Selbstmord von Harry Crosby und seinem
Flittchen in einem Hotelzimmer scheint mir
so gegenwärtig wie der tropfende Wasserhahn,
den ich nebenan aus meinem Badezimmer höre.

Ich lese gern von ihnen: Joyce, der kaum
noch was sah und wie eine Tarantel durch die
Buchhandlungen geisterte.
Dos Passos, der seine präzisen journalistischen

Sachen mit einem roten Farbband tippte.
D. H., geil und mißmutig. H. D., smart genug
ihren Namen abzukürzen, weil es viel
literarischer schien als Hilda Doolittle.

G. B. Shaw, längst etabliert, nobel und dumpf
wie einer aus dem Königshaus, Fleisch und Hirn
zu Marmor erstarrt, ein Langweiler.

Huxley, der genußvoll seinen Intellekt
vorführte und Lawrence entgegenhielt, daß
das Höchste nicht aus dem Bauch und den
Klöten kommt, sondern aus dem Kopf.

Und wie dieser Hinterwäldler Sinclair Lewis
sich einen Namen machte.

Die Russen, mittlerweile, hatten die Revolution
hinter sich, waren frei und gingen
reihenweise ein.
Gorki hatte nichts mehr, wofür er kämpfen konnte,
saß in einem Zimmer und suchte nach Wendungen,
um die Regierung zu preisen.
Viele andere noch, die am Sieg zerbrachen.

Heute –

heute sind wir so viele.
Aber wir sollten dankbar sein und
daran denken, was wir alles hinterlassen
werden, in hundert Jahren, falls die Welt
bis dahin nicht zerstört ist: Keine großen
Erfolge, aber auch keine Flops;
guter Durchschnitt, noch zusätzlich nivelliert

durch unsere schiere Masse. Wir werden alle
katalogisiert und abgeheftet sein.
Na schön ...

Falls einer noch Zweifel hat, daß die Zwanziger
ein goldenes Jahrzehnt waren – es gab noch mehr
seltsame Kreaturen: Richard Aldington, Teddy
Dreiser, F. Scott, Hart Crane, Wyndham Lewis,
die Black Sun Press.

Doch für mich drehen sich die zwanziger Jahre
vor allem um Hemingway, der aus dem Krieg kam
und anfing zu schreiben.

Es war alles so einfach, so herrlich klar.

Heute –
sind wir so viele.

Ernie, du hattest keine Ahnung, wie gut es
gewesen war, als du dir vierzig Jahre später
das Hirn in den Orangensaft geballert hast.

Ich gebe zu, es war
ganze Arbeit, aber deine beste
war es nicht.

DA BIN ICH

Betrunken, um 3 Uhr morgens, am Ende meiner
zweiten Flasche Wein, 12–15 Seiten Poesie
getippt – ein alter Mann, noch im
Dämmerlicht seiner letzten Jahre
geplagt von der Gier nach jungem
Mädchenfleisch.
Leber futsch
Nieren kurz davor
Magen hin
Blutdruck turmhoch.

Die Angst vor den vertanen Jahren
lacht zwischen meinen Zehen,
keine Frau will mit mir leben
keine Florence Nightingale
die nach mir sieht.

Wenn mich der Schlag trifft, werde ich hier
sechs Tage liegen, und meine drei hungrigen
Katzen reißen mir das Fleisch von den Beinen,
den Händen, dem Kopf, während aus dem Radio
klassische Musik kommt.

Ich habe mir geschworen, nie Altmännergedichte
zu schreiben, aber das hier ist komisch,
versteht ihr, entschuldbar,
denn es kommt noch mehr
hier um 3 Uhr morgens:
Ich werde dieses Blatt aus der Maschine ziehen
mir noch ein Glas einschenken

ein weiteres Blatt einspannen
das frische neue Weiß schwängern.

Vielleicht wird es
nochmal was

erst für
mich

später
für euch.

STÜRMISCHER ABEND

Sie lächeln und bringen das Essen
sie lächeln und verbeugen sich
ein leichter Orkan rüttelt an den
Jalousien, der scharlachrote
Ibis erscheint und tanzt in dem Guano
auf meinem Teller.

Na, ich hab eh keinen Hunger.

Leda, Tyndareus, Klytämnestra,
Kastor, Pollux oder wen ich
sonst noch kenne
die würden das Zeug
auch nicht essen.

Ich sag ihnen, sie sollen mirs
einpacken. Sie lächeln und
schaufeln es mir in eine Tüte.

Später, in meiner Küche,
verteile ich es auf drei Teller
die ich auf den Boden stelle.

Meine drei Katzen starren zu mir
hoch und rühren sich nicht.
»Was ist denn?« frage ich.
»Was habt ihr? Freßt!«

Ein Schaben und Kratzen von
Zweigen, die der Sturmwind ans
Fenster drückt. Ich mache das

Küchenlicht aus, gehe nach vorn ins Wohnzimmer, stelle den Fernseher an und sehe, wie ein Polizist einen Mann von der Feuerleiter des obersten Stockwerks schießt, kopfüber stürzt der Mann herunter, fällt und fällt und klatscht auf die Straße.

Der muß nie mehr Szechuan-Krabben mit chinesischen Erbsen essen.

TRAINING FÜR EINEN KAMPF GEGEN KID AZTEC

Ich war ein junger Kerl, in Los
Angeles, rings um die Plaza gab es
kleine Bars, mexikanische, und eine
größere, die gut besucht war,
dort begann ich den Abend,
aber es saßen nur brave Malocher drin,
und die Stimmung war mir zu besinnlich,
also ging ich wieder, kam in eine schmale
dunkle Gasse, folgte ihren Windungen,
das Klappmesser in der Tasche,
entdeckte am Ende der Gasse eine kleine
Bar, ging rein, setzte mich auf
einen Barhocker und bestellte
eine Flasche Bier.
Es waren vier Mexikaner drin, wenn man
den Barkeeper mitzählt, und ich
saß da, schaute gradeaus,
hob ab und zu mein Bier.

Ich war ein verbiesterter
Hundsknochen, zu allem
bereit, mit mir
legte man sich
besser nicht an ...

Ich trank die Flasche aus
und bestellte noch eine.

»Wo zum Teufel sind die
Weiber?« fragte ich.

Keine Antwort.

»Ich sollte hier gar nicht
sein«, sagte ich, »ich trainiere
für einen Kampf im Olympic, vier
Runden, gegen Kid
Aztec ...«

Schweigen.

Ich rutschte vom Hocker, stellte
mich aufrecht hin und knurrte
durch die Zähne: »Jemand Lust
auf'n bißchen Sparring, hm?«

Keine Antwort.

Ich steckte eine Münze in
die Jukebox.
Die Platte lief an, und ich
machte Schattenboxen dazu.

Als die Musik zu Ende war,
setzte ich mich wieder und
bestellte noch ein Bier.

»Ich bin ein Killer«, eröffnete
ich dem Barkeeper. »Der
geborene Killer ... dieser
Kid Aztec tut mir
jetzt schon leid.«

Der Barkeeper nahm mein Geld,
kehrte mir den Rücken zu und
verstaute es in der Registrierkasse.

Ich sagte zu seinem Rücken:
»Außerdem bin ich auch noch
Schriftsteller. Ich schreib
Kurzgeschichten, Romane,
Gedichte, Essays ...«

»Señor, Sie schreiben
Gedichte?« fragte ein
korpulenter Mexikaner
am Ende der Bar.

»Shit, klar ...«

»Von was handeln denn
Ihre Gedichte?«

»Liebe ...«

»Ach ... *Liebe,* Señor?«

»Liebesgedichte an
den Tod ...«

Ich trank meine Flasche aus
und bestellte noch eine.

»*Ich* schreibe auch,
Señor ...«

»Ach ja?«

»Ja. Ich steck meinen
Griffel in Frauen und
schreib ihnen was rein.«

Die anderen Mexikaner
lachten.
Ich wartete, bis sie
fertig waren.

»Ihr seid Idioten! Ihr
lacht wie Idioten!«

»Kann sein, Señor, aber
auch Idioten haben ein Recht
auf Lachen, nicht?«

Ich pellte das Etikett
von meiner Bierflasche,
pappte es auf den Tresen
und trank die Flasche aus.

»Noch ein Bier, Señor?«
fragte der Barkeeper.

»Nee, das reicht, ich muß
morgen ausgeschlafen sein ...«

Ich ging zur Tür.

»Viel Glück für Ihren Kampf
gegen Kid Aztec, Señor«,
sagte jemand.

Ich ging die schmale Gasse hoch,

blieb in einer dunklen Ecke
stehen und kotzte, ging raus auf
die Straße, auf der Suche
nach einem Gedicht, einer besseren
Bar, irgendwas,
egal was.

Ich hatte sie nur gelangweilt
mit meinem gefährlichen Getue.

Die Abende waren alle gleich
und die Tage noch schlimmer.

Ich stellte mich am Rand der Plaza
unter einen Baum, zündete mir
eine Zigarette an und versuchte
wie ein Killer dreinzusehen.

Niemand schaute her.

Vielleicht würden sie's
auch nie tun.

Ich behielt das Streichholz
zu lange in der Hand und
verbrannte mir die Finger.
Laut fluchend setzte ich
mich in Bewegung und steuerte
den Bahnhof an.

Jemand hatte mir erzählt,
die Nutten würden sie dort
direkt auf den Bahnsteigen
ablutschen ...

FUNKEN

Die Fabrik an der Santa Fé Avenue
war am besten.
Wir packten massive Neonröhren-
fassungen in lange schwere Kisten
und stapelten sie, jeweils
sechs übereinander.
Dann kamen die Verlader
räumten einem den Tisch ab
und man machte sich an
die nächsten sechs.

Zehn Stunden am Tag
vier an Samstagen
Tariflohn
ziemlich gut für ungelernte
Arbeitskräfte, und wenn man
nicht schon mit Muskeln ankam
legte man sich bald
welche zu.

Die meisten von uns in Jeans
und weißen T-Shirts
Zigarette im Mundwinkel
wir zischten auch so manches
Bier, und die Geschäftsleitung
drückte ein Auge zu.

Nicht viele Weiße.
Die Weißen waren lausige
Arbeiter und hielten sich
nicht lange.

Meistens Mexikaner und
Schwarze, ruppig und abgebrüht.

Ab und zu blitzte eine
Messerklinge oder jemand
wurde zusammengeschlagen.
Die Geschäftsleitung
kümmerte sich nicht darum.

Die paar Weißen, die durch-
hielten, waren verrückt.

Die Arbeit wurde gemacht
und die jungen Mexikanerinnen
hielten uns bei Laune
machten uns Hoffnungen
und ihre Augen blitzten uns
vom Fließband
was zu.

Ich war einer der
verrückten Weißen
die durchhielten
ich langte kräftig zu
einfach weil es einen
Rhythmus hatte, und
im übrigen – scheiß drauf.

Und nach zehn Stunden
Schwerarbeit, gehässigen
Streitereien und handgreiflichen
Auseinandersetzungen mit denen
die nicht cool genug waren
um sich abzufinden
gingen wir und fühlten uns
immer noch frisch.

Wir stiegen in unsere
alten Autos, fuhren
nach Hause, tranken die
halbe Nacht, kloppten uns
mit unseren Frauen.

Am nächsten Morgen kamen
wir wieder, stempelten
unsere Karten, wußten genau
daß wir uns ausbeuten ließen
und die Reichen nur noch
reicher machten.

In unseren Jeans und weißen
T-Shirts stelzten wir herum
schoben uns an den jungen
Mexikanerinnen vorbei
gaben uns ruppig, waren
nicht viel, aber das
perfekt. Selbst verkatert
konnten wir den Job
jederzeit schaffen.

Aber an uns prallte
alles nur ab:
die verdreckten Wände
von denen der Putz
blätterte
der Lärm von Bohrern
das Ratschen der Klingen
die Funken.

Was für ein toller Haufen
waren wir doch in diesem
Ballett des Todes.

Wir waren Spitze
wir gaben ihnen mehr
als sie verlangten
und doch
gaben wir ihnen
nichts.

VERLUST

Im Bett, nachdem ich die
ganze Strecke da runter
geflogen war, im Bett
sagte ich hinterher
zu ihr: »Es wird nie mehr
wie es mal war, weißt du,
es ist ein gottverdammter
Jammer ...«

Das war es auch
obwohl ich 2 oder
3 Tage blieb
und dann fuhr sie mich
zum Flughafen und
auf dem Rücksitz fuhr
der Hund mit
der Hund, der die
paar Jahre mit uns
gelebt hatte.

Ich stieg aus und
sagte: »Komm nicht
mit rein.« Der Hund
sprang an mir hoch
er wußte, daß ich
fortging, ich knuddelte
ihn und er sabberte mir
das Gesicht voll.
Ach Scheiße.
Die Reisetasche
in der Hand

beugte ich mich
zu ihr rein
sie gab mir einen
kleinen Abschiedskuß
dann drehte ich mich um
ging in die Abfertigungs-
halle und legte am
Schalter mein Rückflug-
ticket vor.

»Raucher oder Nicht-
raucher?« fragte die
Angestellte.

»Trinker«, sagte
ich.

Ich bekam meine Bordkarte
und ging zum Flugsteig
mit traurigen Gefühlen

für alle, die
ich kannte

nicht kannte

noch kennen-
lernen würde.

GEKNICKT

Im Abendregen
siehst du den großen
Fernlaster, das Fahrer-
haus nach vorn über den
Rand des Freeway geknickt
und auf der Seitenwand
in roten Buchstaben:
LUCKY

Und während deine Scheiben-
wischer schaben und pulsieren
denkst du: Ich hätte zu Hause
bleiben und an meinen Krakel-
zeichnungen für den nächsten
Roman arbeiten sollen

Dann schämst du dich, daß dir
so ein biederer Gedanke überhaupt
kommt, du trittst aufs Gas,
überholst, schlängelst dich
zwischen den anderen durch

Stellst das Radio lauter
und eine Sexbombe singt davon
wie gern sie deine Liebe
hätte

Du gleitest dahin
kommst ans Ende
des Freeway

Rote Ampel

Mit den anderen
sitzt du da
im Regen

Viele von ihnen
hören sich wahrscheinlich
dieselbe Sexbombe an
die davon singt
wie gern sie
ihre Liebe
hätte

Du denkst an den armen
Kerl in dem LUCKY
Fernlaster und fragst dich
ob es ihn den Job
kosten wird

Dann springt die Ampel
um und es geht weiter
auf den Boulevard.

MIT ZWANZIG

Meine Mutter klopfte in der
Pension an meine Tür
kam herein, schaute in die
Schublade der Kommode:
»Henry, hast du denn keine
sauberen Socken? Wechselst
du nie die Unterwäsche?«

»Mom, ich will nicht,
daß du hier rumstöberst ...«

»Ich hab gehört, hier gibts
eine Frau, die spät abends
zu dir ins Zimmer kommt
und mit dir trinkt, sie wohnt
gleich da hinten im Flur.«

»Sie ist in Ordnung ...«

»Henry, du kannst dir eine
schreckliche Krankheit
holen.«

»Yeah ...«

»Ich hab mit deiner Wirtin
gesprochen, sie ist eine nette
Dame, sie sagt, du liest
anscheinend eine Menge Bücher
und nachts, wenn du einschläfst
fallen sie dir auf den Boden

sie können es im ganzen Haus
hören, schwere Bücher, eins
um Mitternacht, dann um
eins, um zwei wieder und
nochmal eins um vier.«

Als sie gegangen war
nahm ich die ausgeliehenen
Bücher und brachte sie in
die Bibliothek.
Zurück in der Pension
stopfte ich die schmutzigen
Socken, die schmutzige Unter-
wäsche, die schmutzigen Hemden
in den Pappkoffer
fuhr mit der Straßenbahn
noch Downtown und stieg
in den Trailways-Bus
nach New Orleans.
Ich schätzte, daß ich bei der
Ankunft noch zehn Dollar
haben würde, und dann
sollten sie eben mit mir
machen was sie wollten.

Das taten
sie auch.

DEZEMBER 1941

Zweiter Weltkrieg, und ich
war einundzwanzig und saß
mal wieder in einem Bus
nach New Orleans.

Eine Menge Soldaten
in diesem Bus;
nur zwei junge
Männer, die nicht
in Uniform waren:

Ein rothaariger
Typ und
ich.

Der Rothaarige
rechtfertigte sich
andauernd vor den
Army Boys:

»Jessas, ihr müßt
mir glauben, ich wollt
ich könnt mit euch
in den Krieg, aber
ich kann nicht
ich habn Herz-
fehler!«

»Is ja gut«,
sagten sie.

Ich hatte keine
Beichte nötig
sondern einen Trost-
spender.
Ich zog meine
Flasche raus
trank einen
Schluck, sah
aus dem Fenster ...

Es ging auf den
Abend zu, als der Bus
am Rand der Wüste
von einem Trupp Soldaten
angehalten wurde.

Zwei von ihnen
kamen zu uns
rein.

Schwergewichtig
trampelten sie sich
einen Pfad über aus-
gefranste Nerven an
der Grenze zwischen
Ordnung und Unordnung.

Sie fragten jeden
Passagier nach seinem
Geburtsort.

Wie es schien
waren neun Zehntel
der Leute im Bus

im Mittelwesten
geboren.

Als sie zu mir
kamen, sagte ich:
»Pasadena,
Kalifornien.«

»Wo fahren Sie hin?«
»Zu 'ner Beerdigung.
Mein Bruder ist
gestorben.«

Sie arbeiteten sich
weiter durch den Bus
und kamen zu einem
alten Mann –

»Wo sind Sie geboren?«

»Ich finde«, sagte der
Alte, »das geht euch
nichts an.«

»Sir, ich frage Sie
noch einmal: Wo
sind Sie geboren?«

»Wir leben hier in
einer Demokratie. Ich
brauche auf diese Frage
nicht zu antworten.«

»Du elender
Drecksack!«

Der Soldat packte
den alten Mann
hinten am Mantel-
kragen
zerrte ihn vom
Sitz hoch
und dann schleiften
sie den Alten
den Gang runter und
vorne zur Tür raus.

Der Bus stand da
und wir schauten alle
aus dem Fenster und
sahen, wie die Soldaten
ihn umringten.

Wir hörten:
»Dich buchten
wir ein!«

»Aber mein Gepäck
ist noch im Bus!«

»Scheiß auf dein
Gepäck!«

Ein Soldat gab
dem Busfahrer
ein Zeichen.
Die Tür ging zu

und der Bus
fuhr weiter.

Draußen wurde es
rasch dunkel.
Eine Weile
blieben alle
still.

Dann fing der
Rothaarige
wieder an:

»Hört mal, ich
will wirklich
in den Krieg, ich
würde alles drum
geben! Wenn ich
bloß nicht diesen
Herzfehler hätte!«

Der Bus fuhr
weiter durch die
Nacht.

DER KEILER

Er brachte keinen Puck ins Netz
er war zu langsam, ein dumpfer
Keiler, sonst nichts.
Wenn einer vom gegnerischen
Team mit Rippenstößen und
Tritten anfing, schickten wir
ihn rein mit der Anweisung
den Scheißer kleinzumachen.
Der Keiler kurvte aufs Eis
und bleckte seine gelben Zähne
zu einem Grinsen – endlich
konnte er sich nützlich machen.
Wie der Tod nahm er
sein Opfer ins Visier:
fünf Minuten später krümmte sich
ein Gegner am Boden, gerammt,
mit Schläger und Schlittschuh
malträtiert, erledigt für den
Rest des Spiels, vielleicht
den Rest der Saison. Und der
Keiler hockte auf der Strafbank,
grinste, hatte seine Arbeit
getan.

Niemand mochte ihn.
Selbst hinterher, in der
Kabine, sprachen wir kaum
mit ihm.
Er wußte Bescheid.
Ich meine, wir sagten mal
was zu ihm, und manchmal

riß einer der Jungs sogar
einen Witz über seinen
letzten Einsatz. Aber
es wurde nicht viel gelacht.
Anschließend wartete draußen
seine Frau in einem alten
grünen Kombi, einem unglaublich
verbeulten Schlitten. Er
stieg ein, und sie fuhren
los, d. h. sie fuhr, eine
sehr hochgewachsene Frau mit
einem großen Kopf, und wie
immer funktionierte an der
Karre nur das rechte Rücklicht.

Er wußte, wozu
er da war.

DIE WÄNDE

Ein paarmal durch die Kneipen
gezogen und eine dicke Mama
mit aufs Zimmer genommen
du machst es mit ihr
schläfst ein, wachst am
nächsten Morgen auf, und
deine Brieftasche ist
mal wieder weg

kein Job
kein Essen
keine Miete

nur Katerstimmung und
die dunklen schrundigen
Wände.

Nach einer Weile
steckst du deine Brief-
tasche jetzt in die
Hosentasche, hast immer
ein Messer dabei, stopfst dir
die meisten Scheine in den
Schuh. Wenn du was
abheben willst, gehst du aufs Klo.

Es wird eine richtige
Angewohnheit.
Selbst wenn du allein in
dein Zimmer zurückkommst
versteckst du automatisch

die Brieftasche, und wenn
du aufwachst, mußt du
stundenlang danach suchen ...

Du wirst es nicht mehr los.
Selbst wenn du mit einer
Frau gebechert hast, der du
traust und mit der du zusammen-
lebst – nach dem Aufwachen
sagst du oft zu ihr: »Scheiße
ich kann meine Brieftasche
nicht finden!«
»Ach du weißt doch, daß sie
da ist«, sagt sie, »du hast
sie nur irgendwo versteckt.«
Und nach einigen Stunden
findest du sie.

In den alten Zeiten kam es
zu merkwürdigen Vorfällen:
Einmal brachte ich einige
Bücher in die Bibliothek
zurück, und als die
Bibliothekarin sie gerade
nehmen wollte, sagte ich:
»Augenblick mal, bitte ...«
Ich hatte einen schmalen
grünen Streifen entdeckt.
Ich klappte das Buch auf
und zog drei Zwanziger und
einen Zehner heraus.

Ein andermal, in einer
Absteige in Texas, nach

einer wüst durchzechten
Nacht, fand ich am Morgen
meine Brieftasche, aber
nicht mehr das Geld.
Die Miete war fällig
und ich erzählte der Wirtin
ich hätte mein Geld
verloren ...
Als ich nach einem traurigen
Gang durch die Straßen
wieder reinkam, wartete sie
schon auf mich. In der Hand
hatte sie ein Bündel
grüne Scheine.
»Mr. Chinaski, ich hab
bei Ihnen saubergemacht und
bin mit dem Staubsauger immer
an eine Beule im Teppich
gestoßen. Ich hab den Teppich
gelüpft, und da lag es
drunter ...«

Eine ehrliche Dame. Reizend.

Zum Glück sind mir danach
noch mehr ehrliche, reizende
Damen begegnet, und manche
haben mir sogar Geld *in* die
Brieftasche getan, ich bin
also überhaupt kein Frauen-
hasser, denn schließlich
habe ich insgesamt nur zwei-
oder dreihundert Dollar
Miese gemacht.

Aber gegen die dicken Mamas
von der Straße hab ich was,
denn ich finde, das unschönste
Verbrechen von allen ist
wenn die Armen von den
Armen stehlen, nachdem man
geredet und getrunken und
gelacht und sich geliebt hat
und wieder auseinandergegangen ist
und dann wacht man auf
in einer fremden Stadt –
pleite, verkatert, allein,
umgeben von dunklen
schrundigen
Wänden.

DAGWOOD UND BLONDIE

Ich stieß herunter und
erwischte ihn von
hinten – ein Schwall
von Leuchtspurgeschossen
und sein Treibstofftank
explodierte. Ich sah
wie er versuchte, aus dem
Cockpit zu klettern, aber
er konnte nicht mehr
abspringen, die lichterloh
brennende Maschine schmierte
über den rechten Flügel ab
trudelte abwärts und
knallte ins Meer.

Ich kreiste über der
Stelle. Nichts mehr
übrig.

Einer muß gewinnen
in so einer
Situation.

Ich nahm wieder Kurs
auf den Stützpunkt.

Nun ja. Er hatte das eine
hinter sich gebracht
was jeder mal
tun muß.

Ich hatte es
noch vor mir.

Es konnte aber
ruhig noch auf sich
warten lassen.

Zumal an einem so
bemerkenswert schönen
Tag.

GINSBERG?

Ich sitze auf der Klubhaus-
tribüne, habe bereits
311 Dollar angeschafft und
tüftle gerade meine Wette
für das siebte Rennen aus
da kommt dieser blutjunge
Kerl auf mich zu und bleibt
vor mir stehen.

»Entschuldigen Sie«, sagt er.

»Ja?«

»Hören Sie«, sagt er, »ich
glaube, ich kenne Sie ...«

»Nein«, sage ich, »tust du
nicht.«

»Sind Sie nicht ein Bekannter
von Allen Ginsberg?«

»Ich kenne keinen
Ginsberg ...«

»Hatten Sie nicht eine Lesung
in einem Nachtklub, der sich
Sweetwater nennt?«

»Ich weiß nicht, was eine
Lesung ist ...«

»Hören Sie«, sagt er, »ich
kenne Sie doch!«

Ich stehe auf und
seh ihm ins Gesicht.

»Hör mal, Kumpel, ich
arbeite als Gärtner für
ein paar reiche Leute.
Damit schlage ich mich
durch.«

Ich drehe mich um
gehe durch die Sitz-
reihen davon und
fühle mich gut
wie sich ein Gärtner
fühlen sollte
der nach einem Ehekrach
sein Glück am Wettschalter
versucht.

SIE SAGTE:

Wie kommen all die Papier-
servietten in deinen Wagen?
Das sind keine Servietten
von uns.
Wieso ist dein Autoradio
immer auf einen Rock 'n' Roll-
Sender eingestellt?
Fährst du mit einem
jungen Ding
spazieren?

Du läßt
Tangerinensaft auf
den Boden tropfen.
Jedesmal, wenn du
in der Küche warst
ist dieses Handtuch
naß und schmutzig.
Wie kommt
das?

Wenn du mir ein
Bad einläßt
machst du vorher
nie die Wanne
sauber.

Warum tust du deine
Zahnbürste nicht
in den Halter
zurück?

Du solltest deinen
Rasierapparat immer
abtrocknen.

Manchmal denke ich
du haßt meine
Katze.

Martha sagt
du hast unten
mit ihr gesessen
und hattest die
Hose aus.

Du solltest mit diesen
Hundert-Dollar-Schuhen
nicht in den
Garten.

Und du merkst dir nie
was du da draußen eingesät hast.
Das ist
dumm.

Du mußt den
Katzenteller
immer an den
gleichen Platz
stellen.

Fisch
backt man
nicht in einer
Bratpfanne.

Ich hab noch
keinen gesehen
der die Bremsen
seines Autos so
malträtiert wie
du.

Komm, wir
gehn ins
Kino.

Sag mal, was
ist denn mit dir?
Du wirkst so
deprimiert.

DER NINJA

Spät abends
schau ich mir
im Fernsehen
diesen Chinesen an
er ist sehr gut
mit dem Schwert
er schlägt damit
Köpfe ab
oder rammt es
glatt durch
oder läßt es über
Kehlen zucken

Blut spritzt
Köpfe rollen
wie Melonen.

Der Film wurde
in Fernost
gedreht

daher wirkt es
glaubhaft.

Ich rauche und
trinke im
Dunkeln
und denke:

mein Kopf
ist noch
drauf
während der Ninja
sechs oder sieben
Männer in drei Minuten
killt.

Ich sitze da
und sehe zu

die Opfer
tun mir nicht
mal leid

denn
wichtig ist
schließlich

daß ein Mann
sich versteht
auf das, was
er tut

natürlich
das Unwichtige
hat auch seine
Notwendigkeit

oft ist es ganz gleich:
wichtig oder
unwichtig –
ein und das-
selbe

mein Kopf
ist noch
drauf

ich schütte
ihm einen
Drink rein
und seh mir
weiter den
Ninja an:

er und ich
jeder mit sich
allein
für immer.

DIE RICHTIGE EINSTELLUNG

Immer öfter jetzt
Gedanken über den Tod.
Herrje, es wird zwanghafter
als das Wetten auf Pferde.
Aber es gibt einem
was zum Sinnieren.

Ich erinnere mich an
Henry Miller in der
Tom Snyder Show –
Tom fragte Henry (der
damals schon sehr
sehr alt war):
»Mr. Miller, denken Sie je
ans Sterben?«
und er antwortete ganz
schlicht: »Natürlich
tu ich das.«

Ich erinnere mich an
ein starkes Gedicht
von D. H. Lawrence
über den Tod:
»Dann bau das
Totenschiff
denn du mußt die
längste Reise antreten
– ins Vergessen.«

Die Christen hauen
ungefähr in die
gleiche Kerbe.

Neulich, auf dem
Freeway, fuhr einer
vor mir her, der hatte
einen Aufkleber hinten
drauf: STIRB NICHT OHNE
JESUS.

Andererseits erlebt man
Macho-Typen in
Fabriken und Kneipen
die sagen:
»Das einzig Wahre ist
man stirbt beim Ficken.«

Na, das
hab ich auch schon
wer weiß wie oft
getan.

EINE NACHT AUF KREDITKARTE

Ich trank das Glas
Wein aus, schenkte mir
nach, trank einen
Schluck davon
steckte mir eine
Zigarette an.

Das Motelzimmer war
bezahlt bis nächsten
Morgen um elf.
Neckische winzig-
kleine weiße Handtücher
im Badezimmer
Seifenstückchen
einzeln abgepackt
Gläser aus Zelluloid
Papierschablone auf dem
Toilettensitz.

Ich stellte den alten
Schwarzweiß-Fernseher an
ließ den Ton abgedreht
sah mir nur die
Gesichter an.
Ein Mann und
eine Frau.
Es schien Ärger
zu geben. Sie hatten
unglückliche Gesichter

die aber den meisten
Leuten wahrscheinlich
schön vorkamen.

Ich sah zu, rauchte
trank noch einigen
Wein.

Dann knipste ich den
Apparat aus
stieg aus der Unterhose
ging rüber zum Bett
zog die Decke und das
Laken zurück
kroch rein.

Durch die Jalousie
konnte ich sämtliche
Neonreklamen
draußen auf dem
Sunset Boulevard
sehen.
Ich stand auf
machte die Jalousie
dicht, legte mich
wieder hin. Jetzt
war es stockdunkel.
Perfekt.

Es klopfte an die
Tür. Ich machte auf
ließ die Kette dran
und schaute raus.

Sie war zurück.
Ich ließ sie
rein.

»Es war gräßlich«,
sagte sie, während
sie sich auszog.

»Auf dem Parkplatz
wollte mich so ein
Schwein vergewaltigen
und mir die Handtasche
klauen! Ich hab ihn
in die Eier getreten!

Verglichen mit ihm
siehst sogar du
gut aus!«

»Danke, Sherrie,
ich fühl mich
geehrt ...«

Sie kletterte
zu mir ins Bett.

»Ich will bloß runter
von den beschissenen
Straßen!«

»Yeah. Ich weiß
was du meinst.«

»Was im Fernsehen?«
fragte sie und
schüttete sich Wein
ins Glas.

»Nur ein Programm«,
sagte ich.
Ich stand auf
stellte das Gerät
wieder an, diesmal
mit Ton, und ging
zurück zum Bett.

Auf dem Bildschirm
sagte die Frau grade
zu dem Mann: »Du mußt
dich entscheiden
zwischen deiner Frau
und mir! Ich bin es
leid, daß wir alles
heimlich tun! Ich will
daß wir unsere Liebe
zeigen! Mit Fanfaren
und flatternden Fahnen!«

Der Mann senkte
den Kopf und
schwieg.

Ich füllte
der Dame neben mir
wieder das Glas
auf.

Um elf Uhr früh
würde jeder von uns
wieder woanders sein
und das Zimmermädchen
würde hereinkommen
und saubermachen.

Sie würde wieder
auf der Straße
anschaffen und ich
ab und zu was
drüber schreiben.

Doch jetzt saßen wir
auf unseren sieben
Buchstaben
Kissen im Rücken
den Aschenbecher
zwischen uns auf
dem Bett und
tranken unseren
Wein aus Plastik-
gläsern.

Der Film war grauenhaft
aber es war schön
im Dunkeln zu sitzen
und ihn anzusehen
zu rauchen, zu trinken
und nichts sagen
zu müssen.

ES PASSIERT MIR IMMER WIEDER

Sie gestand mir
warum sie es
getan hatte:

»Als ich das erste Mal
in deine Bude kam
schaute ich mich um
und alles war verdreckt
aber du warst der erste
Mann in meinem Leben
der keinen Fernseher
hatte, und in dem
Augenblick hab ich
beschlossen, mit dir
ins Bett zu gehn.«

Was mir daran
natürlich gar nicht
behagte, war
daß jemand an
meiner Stelle etwas
entschieden hatte.

Also erstand ich
für 75 Dollar einen
gebrauchten Schwarzweiß-
Fernseher.

Aber sie ging
immer noch mit
mir ins Bett.

Deshalb kaufte ich
einen Farbfernseher
mit großem Bildschirm
und Fernbedienung.
Sie ging weiter
mit mir ins
Bett.

Aber wir hörten nur
Radio
futterten Sandwiches
im Park
lernten alle ihre
Schwestern kennen
und warteten darauf
daß es endete.

KREATUREN VON EINEM ANDEREN STERN

Sie sind jeden Samstag-
nachmittag auf der
Rennbahn: zwei ungeheuer
dicke Männer
eine dicke Frau und
ihr Sohn, der auch schon
unförmig wird. Einer der
beiden Männer ist sein
Vater.

Sie sitzen nebeneinander
essen Hot Dogs
trinken Bier und
brüllen gemeinsam
während des Rennens
und danach. Egal
wer gewinnt: sie
brüllen. Zwischen
den Rennen streiten
sie sich, während sie
Hot Dogs und Bier
konsumieren.

Ich beobachte sie
aus einiger Entfernung.
Sie sind interessanter
als die Pferde oder
der Krieg in
Nicaragua.

Ich sehe, wie
der dickste Mann
seinen großen Becher
Bier ansetzt und eine
Menge Gebräu schluckt.
Sein Mund ist
merkwürdig klein
er beißt in den Becher
das Bier läuft ihm
links und rechts heraus
am Kinn herunter und
aufs Hemd.
Er zerrt den Becher
aus dem Mund und brüllt:
»SCHEISSE!«

»DU ARSCHLOCH!«
schreit ihn die
dicke Frau an.

»HALTS MAUL!«
brüllt er zurück.

Dann sitzen beide da
kein bißchen wütend
als wäre nichts
gewesen.

Der andere
Dicke sagt:
»ICH SETZ AUF
DIE 6, DIE 3 UND
DIE 9!«
Bei ihm ist es

Umgangston,
bei jedem anderen
würde man sagen
schrei doch nicht so.

Der Sohn trägt
eine rote Hose
weißes T-Shirt
weiße Tennis-
schuhe.

Die beiden Männer
schwarze Hosen
weiße T-Shirts
und blankpolierte
schwarze Schuhe.
Sie wirken wie
Brüder.

Die Frau trägt ein
angeschmuddeltes
weißes Kleid und
verblichene grüne
Tennisschuhe
ohne Socken.

Ich beobachte sie
wie sie ihren
großen Pappbecher
Bier hebt, auch sie
hat einen winzigen
Mund, aber
sie hat den Rand
des Bechers zu einer

kleinen Tülle gequetscht.
Sie trinkt aus
drückt den Becher zusammen
wirft ihn weg, rülpst
und fragt: »WER SCHMEISST
DIE NÄCHSTE GOTTVERDAMMTE RUNDE?«

Niemand setzt sich
in die Nähe der
vier.

Das, denke ich,
könnten Kreaturen
von einem anderen
Stern sein.

Mir sind sie
ganz sympathisch.
Ihre Interessen sind
begrenzt, aber sie
machen einem auch
nichts vor.

»ICH GEH HEUT ABEND
NACH GARDENA!« sagt
der eine, der nicht
ganz so dick ist wie
der andere.

»MIT DEN ALTEN OMAS
KANNST DU NICHTS WERDEN!« sagt der
Fettwanst. »DENEN
IST JEDER SCHRITT
ZUVIEL!«

»ACH HÖR AUF!«
sagt die Frau.

Der Sohn
mit der roten Hose
sagt nie etwas
er sitzt und
steht nur rum
und wird immer
dicker.

Dann kommen
die Pferde zur
Parade heraus.

»SHOEMAKER DER
SCHUMMLER!« brüllt
der Fettwanst zum
erfolgreichsten Jockey
der Welt hinunter.

Shoemaker blinzelt kurz
und reitet weiter.
Als mehrfacher Millionär
versteht er den Groll
von Verlierern.

Dann springt die
Frau auf.
Naja, sie springt
nicht ... sie kommt
hoch, ein Berg von
einem Weib, und sagt:
»HEY, HABT IHR DAS

GESEHN? DAS PFERD
MIT DER 5 HAT GRAD
GESCHISSEN! JETZT
IST ES LEICHTER!
JETZT IST ES IM
VORTEIL! 25 FÜR 1!
DAS IST MEINE GOTT-
VERDAMMTE WETTE!«

»HOCK DICH HIN!«
sagt der Fettwanst.
»DU STEHST MIR
IN DER SONNE!«

Ich stehe auf und
gehe zum Wett-
schalter.
Ich setze auf
Shoemaker den
Schummler.

Als ich zurück-
komme, sind sie
verschwunden.
Ich kann es mir
nicht erklären.

Das Rennen wird
gestartet.
Shoemaker, mit
5 : 1 notiert, wird
Erster. Ich hab ihn
mit 20 auf Sieg.

Sie kommen nicht
wieder; nach diesem
Rennen nicht, auch
nach dem nächsten
nicht, und mir wird
klar, daß sie
gegangen sind.

Ich spüre eine
Enttäuschung, die ich
nicht mehr abschütteln
kann.

Sie sind fort
sie sind woanders
trinken Bier und
futtern
werden dicker
und lauter

diese gräßlichen
unausstehlichen
unbesiegten
Wesen.

Sie fehlen mir.

EIN ZÄHER BURSCHE

Er kam eines Abends an die Tür
durchnäßt, abgemagert, getreten
und terrorisiert
ein weißer schielender
schwanzloser Kater.
Ich nahm ihn auf und fütterte ihn
er blieb und faßte Zutrauen zu mir
bis ein Freund die Einfahrt hochkam
und ihn überfuhr.
Ich brachte, was übrig war, zu einem
Tierarzt, der sagte: »Kaum noch
eine Chance ... geben Sie ihm diese
Tabletten ... sein Rückgrat ist gebrochen
aber das war es schon mal und ist
irgendwie wieder geheilt ... wenn er
am Leben bleibt, wird er nie mehr
gehen können, schauen Sie sich diese
Röntgenaufnahmen an, man hat auf ihn
geschossen, sehn Sie, da, die Schrot-
kugeln stecken noch drin ... einen Schwanz
hatte er auch mal, den hat ihm jemand
abgeschnitten ...«

Ich nahm den Kater wieder mit, es war
ein heißer Sommer, einer der heißesten
seit Jahrzehnten, ich legte ihn
im Badezimmer auf den Boden, stellte ihm
Wasser und Tabletten hin, er wollte nichts
fressen, rührte auch das Wasser nicht an,
also tunkte ich den Finger rein und
feuchtete ihm die Schnauze an und redete

mit ihm, ich ging nirgends mehr hin
ich verbrachte eine Menge Zeit im
Badezimmer, redete ihm gut zu, streichelte
ihn und er sah mich an mit diesen blaß-
blauen schielenden Augen, so vergingen
die Tage, und dann machte er den ersten
Versuch, er robbte mit den Vorderpfoten
voran (die Hinterläufe gehorchten ihm nicht)
er schaffte es bis zur Katzenkiste
kroch über den Rand und hinein
es war wie der Fanfarenstoß eines möglichen
Sieges, der aus dem Badezimmer über die
ganze Stadt hallte, ich konnte ihn
so gut verstehen, diesen Kater – ich
war auch schon schlimm dran gewesen, nicht
so schlimm, aber schlimm genug …

Eines Morgens rappelte er sich auf
stand da, fiel wieder um und schaute mich
nur noch an.

»Du kannst es schaffen«, sagte ich.

Er versuchte es immer wieder, stand auf,
fiel wieder um, schließlich machte er ein
paar Schritte, wie ein Betrunkener, die
Hinterläufe wollten einfach nicht, er fiel
wieder um, ruhte sich aus, stand wieder auf.

Den Rest kennt ihr: Heute ist er besser drauf
denn je. Schielend, fast zahnlos, aber
er hat seine Würde zurück, und dieser Blick in
seinen Augen hat ihn nie verlassen …

Jetzt habe ich manchmal Interviews zu geben
sie wollen etwas hören über Leben und
Literatur, und ich betrinke mich, halte
meinen schielenden, angeschossenen
überfahrenen schwanzlosen Kater hoch und
sage: »Schaut her, schaut euch *das* an!«

Aber sie verstehen nicht, sie kommen mir
mit etwas wie: »Sie sagen, Sie sind be-
einflußt von Céline?«

»Nein.« Ich halte den Kater hoch. »Von dem
was passiert. Von so etwas hier. Davon,
davon!«

Ich schüttle den Kater, halte ihn hoch im
verräucherten betrunkenen Licht, er ist
ganz entspannt, er kennt das schon ...

An dem Punkt enden dann die Interviews
und stolz darauf bin ich nur, wenn ich
später mal die Fotos sehe – da bin ich
und da ist der Kater, wir beide gemeinsam
auf einem Foto.

Auch er weiß, daß es Quatsch ist
aber daß es alles irgendwie hilft.

UNSERE SELTSAME HALTUNG

Saroyan sagte, als es mit ihm zu Ende ging:
»Ich dachte, ich würde nie sterben ...«

Ich weiß, was er meinte.
Ich stelle mir vor, daß ich ewig
einen Einkaufswagen durch einen
Supermarkt schiebe
nach Zwiebeln, Kartoffeln und
Brot suche
und die komischen verformten
Frauen betrachte, die dasselbe
tun.
Ich stelle mir vor, daß ich ewig
über den Freeway fahre
und durch eine verschmutzte
Windschutzscheibe schaue
während aus dem Radio etwas kommt
das ich nicht hören will.
Ich stelle mir vor, daß ich ewig
nach hinten gekippt auf dem
Behandlungsstuhl eines Zahnarzts
liege, den Mund gewaltsam
gespreizt, und davon träume
daß ich in ›Who's Who in America‹ bin.
Ich stelle mir vor, ewig in einem
Zimmer zu sein mit einer Frau
die deprimiert und unglücklich ist.
Ich stelle mir vor, ewig in der
Badewanne zu liegen, unter Wasser
zu furzen und stolz die
blubbernden Blasen zu betrachten.

Aber sterben? Nein …
Blut, das mir aus beiden
Nasenlöchern spritzt
mein Kopf, der auf die
Tischplatte kracht
meine Finger, die ins Dunkle
ins Leere greifen …
undenkbar.

Ich stelle mir vor, daß ich ewig
in Unterhosen auf dem Bettrand
sitze und mir lächelnd
große häßliche Rinden von
den Zehennägeln schneide
während das Telefon klingelt
und mein weißer Kater auf dem
Fensterbrett hockt und hinaus
auf die Stadt schaut …
In den Ruhepausen zwischen
einer Agonie und der nächsten
ist das Leben so eine
angenehme Gewohnheit.
Ich verstehe, was Saroyan
sagen wollte.

Ich stelle mir vor, daß ich ewig
die Treppe hinuntergehe
die Haustür öffne
an den Briefkasten gehe
und all die Werbezettel finde
denen ich auch kein
Wort glaube.

DIE KRANKHEIT

Wenn ich
in einer Nacht
fünf oder sechs Gedichte
geschrieben habe
die ich gut finde
mach ich mir sofort
Gedanken:

Was ist, wenn das
Haus abbrennt?

Was mir Sorgen macht
ist nicht das Haus,
sondern daß
die fünf oder sechs
Gedichte
verbrennen

oder daß eine
ehemalige Freundin
hier einbricht
während ich weg bin
und die Gedichte
stiehlt oder
vernichtet.

Nach fünf oder sechs Gedichten
bin ich ziemlich
betrunken
ich sitze da
trinke noch einiges

und überlege, wo
ich sie verstecken
soll.

Manchmal verstecke ich
sie schon, während
ich noch drüber
nachdenke
und wenn ich mich dann
dazu entschließe, kann
ich sie nicht mehr
finden ...

Dann geht das
Suchen los.

Das ganze Zimmer
ist eh voll von
Papier
und
ich bin sehr clever
im Verstecken von
Gedichten
vielleicht stelle ich mich
beim Verstecken
sogar besser an
als beim Schreiben.

Na gut
ich finde sie
trinke noch ein Glas
verstecke sie wieder
vergesse, wo
und leg mich
schlafen.

Am Morgen
wenn ich aufwache
fallen mir die
Gedichte ein
und ich fange an
zu suchen ...
meistens dauert
die Qual nur
zehn oder fünfzehn
Minuten –
ich finde sie
lese sie
und sie gefallen
mir nicht mehr
so besonders.

Aber
wißt ihr
nach so viel
Arbeit und
Trinkerei
nach all dem
Verstecken
Suchen
Finden

sag ich mir
es ist nur fair
wenn ich sie
rausschicke
als Dokument
meiner Mühen.

Und wenn sie
angenommen werden
erscheinen sie
in einer kleinen
Zeitschrift mit
einer Auflage
zwischen 100 und
750 Stück

anderthalb Jahre
später

vielleicht.

Das ist
es mir
wert.

STECK ES WEG

Ich war so verkrampft
daß meine Scharniere
quietschten, ich warf
alle drei Katzen raus
fuhr über zwei Brücken
gewann 414 Dollar auf
der Trabrennbahn
fuhr nach Hause
hörte mir die Erste
von Schostakowitsch an
schrubbte dann endlich
den Dreckrand in der
Badewanne weg, ließ
Wasser ein, badete
und trank eine Flasche
gut gekühlten Weißwein
dazu
frottierte mich ab
legte mich ins Bett
die Füße nach Osten
holte tief Luft
und ließ es raus:
den Schmerz und die
Niederlagen der Welt.
Dann schlief ich
wie ein Baby
mit großen dicken
Eiern und silber-
grauem Haar.

DER STAR

Trunkenheit am Steuer.
Sie holten mich aus
meinem Wagen, legten
mir Handschellen an
und ich mußte mich im
Regen am Straßenrand
hinlegen.

In ihren gelben Regen-
mänteln standen sie
um mich herum: Besatzungen
von drei Streifenwagen.

Das Wasser weichte mir
die Kleider ein.
Ich schaute durch den
Regen hinauf zum Mond
und dachte: Da bin ich,
62 Jahre alt, und sie
schützen mich mal wieder
vor mir selbst.

Ich kam grade
aus der Premiere
eines Films
in dem es um
das Leben eines
trunksüchtigen
Dichters ging:
meines.

Dies war nun
mein kritischer
Kommentar
dazu.

DER TAG, ALS DER EPILEPTIKER SPRACH

Neulich
bin ich draußen
auf der Rennbahn
und wette Early Bird
(das sind Wetten, die man
schon vor Öffnung der
Bahn plaziert).
Ich sitze da
trinke einen Kaffee
und studiere die
Rennliste, da kommt
dieser Kerl auf
mich zu –
sein Körper ist ganz
verkrümmt, sein Kopf
wackelt, seine
Augen sind verdreht
Spucke glitzert auf
seinen Lippen.

Er sägt sich an mich
ran und fragt:
»Entschuldigen Sie
können Sie mir die
Nummer von Lady of Dawn
im ersten Rennen
sagen?«

»Das ist die 7«,
sage ich ihm.

»Vielen Dank, Sir«,
sagt er.

Am Abend
nein, es war schon
am nächsten Morgen
Null Uhr vier
bringt die Station KLAC
die Ergebnisse der
Viertelmeilenrennen von
Los Alamitos:
Lady of Dawn
sagt der Sprecher
siegte im ersten Rennen
und zahlte $ 79,80.

Das war vor zwei Wochen
und seither war ich
an jedem Renntag draußen
aber den armen Epileptiker
habe ich nicht mehr
gesehen.

Die Götter verstehen es
einem etwas mitzuteilen
wenn man glaubt, man wüßte
eine Menge

oder schlimmer:

wenn man glaubt
man wüßte grade so
ein bißchen was.

BRAVO

Sommer
und Hunde platt-
gefahren auf
Freeways
während junge Körper
ins Meer hechten
vor gemieteten
Motelzimmern in
Del Mar
zu Beginn des
4. Rennens.
Es ist ein Rennen
für Zweijährige
die noch ohne
Sieg sind
sie kommen in
die Zielgerade
ich stemme meinen
müden Bierbauch hoch
und kämpfe gegen das
ewige Muster an
das mich von allen
Seiten beharkt wie ein
Wetterleuchten.

Die Hunde werden krepieren
hier und in der Normandie
das Herz wird hochgehalten
wie eine Fahne und

von einer Kugel
durchlöchert wie ein
Bratapfel.

Wenn wir eine Blaskapelle
auftreiben können:
Tusch! Musik!

SARDINEN IN GESTREIFTEN KLEIDERN

All right, sie spielen wieder Beethoven.
Als ich auf jener Parkbank in Texas
übernachtete, spielten sie auch
Beethoven; als es letzten Sonntag regnete
und die Mole ins Meer kippte, spielten sie
Beethoven; vor 55 Jahren war ich oft
draußen auf dieser Mole, jetzt ist sie
im Meer versunken wie Atlantis, aber
daß Dinge kaputt gehen und verschwinden
ist ja nichts Neues. Heute kam ein Brief
von Louise, sie sagt, sie verläßt das
French Quarter und zieht zu ihrer Schwester
in eine Kleinstadt 45 Minuten von New Orleans.
Die Leute werden es leid, sie fallen um
und stehen wieder auf, und im Radio
spielen sie Beethoven, während die Penner
mich vor dem Postamt anhalten: »Guten Morgen,
Sir, ham Sie mal 'n Dollar?«

Der alte Fliegerzirkus fällt vom Himmel
Hunde und Katzen sehn mich komisch an
der Klan erscheint und verschwindet, Hitler
schnauft unter der Erde in einem Gestrüpp
von Palmenwurzeln, auf der billigen Zigarre
die ich rauche, steht was von Kuba, von
Havanna, man hat sie bis hierher geschmuggelt
damit sie mir die Luft abwürgt, während im Radio
Beethoven kommt, Beethoven läuft, William Saroyan
ist tot, Céline ist tot, aber Fante
weigert sich zu sterben
in seinem engen Grab, blind, beide Beine ab

weigert er sich zu sterben, drei Jahre
flach auf dem Rücken in diesem Hospital:
was geht ihm wohl durch den Kopf?
Ich wünsche mir, daß ich mal weg bin
so schnell wie eine Olive ohne Stein, die
im Mund eines Idioten verschwindet, während
aus Des Moines unaufhörlich junge Girls
eintreffen, hüftwackelnd, wie Sardinen
in gestreiften Kleidern, was bedeutet es
mir, wenn ich Beethoven höre?

Und jetzt ist es vorüber. »Auf nach Palm Springs
in die Sonne«, legt der Ansager los, ich
drehe ihm den Ton ab, schneide der Zigarre
eine Grimasse, dreh den Ton wieder auf: Mahler
jetzt, die Zehnte, direkt nach Beethovens Fünfter,
wirklich ein massives Abendprogramm, während ich
hier sitze, ziemlich allein, und daran denke
wie sehr mir dieser Titel von Somerset Maugham
gefällt: ›Auf des Messers Schneide‹. Dann
drücke ich die elende Zigarre aus, schlucke
einigen Wein, stehe auf und sage mir: Es ist
für alle dasselbe, für manche mehr, für
manche weniger, Céline ist tot, Beethoven
vorübergehend verstummt: Es war eine Welt
voll tapferer Kerls, und ich mag sie alle ...
während draußen in der Nacht die
Vincent-Thomas-Brücke sich spannt
und in diesem Augenblick das Glück
von uns allen hält.

WAS BLEIBT

Das Zimmer war klein, aber sehr
ordentlich, und als ich ihn besuchte,
lag er auf dem Bett wie ein
angeschwemmter Seehund, und es war
mir peinlich, ich meine, Konversation
zu machen, ich kannte ihn eigentlich
nicht gut genug, nur aus seinen Büchern,
und sie hielten ihn ständig unter
Drogen – sie operierten weiter, hackten
ihm noch ein Stück ab und noch eins
aber Fante, als echter Schriftsteller,
sprach von seinem nächsten Roman.

Blind, wieder und wieder verstümmelt,
hatte er auf diesem Bett bereits
einen ganzen Roman diktiert, eine
gute Arbeit, das Buch war schon
erschienen, und jetzt erzählte er mir
von einem weiteren, aber ich wußte,
er würde es nicht schaffen
die Krankenschwestern wußten es
alle wußten es
doch er sprach unbeirrt
von seinem nächsten Roman
er hatte sich einen ungewöhnlichen
Plot ausgedacht, und ich sagte ihm,
es höre sich hervorragend an,
und nach ein oder zwei weiteren
Besuchen rief mich eines Nachmittags
seine Frau an und sagte mir,
daß es vorbei war.

Macht nichts, John: Noch keiner
hat dieses letzte Buch geschrieben.
Aber dem Pflegepersonal hast du
das Leben wirklich schwer gemacht,
das gefiel mir, wie du sie auf Trab
gehalten hast in ihren weißen
gestärkten Uniformen, und mir hast du
mehr als nachdrücklich bestätigt,
wie recht ich hatte mit meiner Behauptung,
daß dein gradliniger Stil, den du
so gut beherrscht hast, eins der
großen Wunder des Jahrhunderts war.

TOD UND VERKLÄRUNG

Es gab immer wieder kleine
Tragödien, wir hörten davon
bei der Arbeit, wo wir auf
hochbeinigen Hockern saßen
11½ Stunden pro Nachtschicht
jedes bißchen Nachricht von
draußen wurde von uns begrüßt
wie von Häftlingen in einem
Straflager.

Ab und zu kam ein Kurier
vorbei und sagte: »Steht 3:2
am Ende vom dritten Inning ...«

Er sagte nie, wer gegen wen
3:2 führte, denn das
konnten wir uns selbst
zusammenreimen.

Einmal hörte ich, wie sich
zwei Jungs unterhielten:
»Ralph hat früher Schluß gemacht
und als er zu Hause reinkam
war alles dunkel
seine Frau lag mit ihrem Liebhaber
im Bett, sie dachten
es wär ein Einbrecher
der Liebhaber hatte 'ne Knarre –
er hat Ralph erschossen ...«

»Wo ist Louie?«
fragte ich eines Nachts.
Ich hatte Louie
zwei Wochen nicht mehr
gesehen. Louie hatte
zwei Jobs. Keine Ahnung
wann er mal schlief.

»Louie?
Der ist mit 'ner
brennenden Zigarette
im Bett eingeschlafen.
Die Matratze hat
Feuer gefangen.
Er ist verbrannt ...«

Von den Briefsortierern
blieben viele auf der
Strecke. Ich fühlte mich
nicht nur wie ein Häftling
oft kam es mir auch vor
als wären wir Landser in
vorderster Linie, ständig
unter Beschuß.

Wenn es nicht Todesfälle waren
dann Zusammenbrüche –
Leute, die jahrelang
Briefe einsortiert hatten
und jetzt einfach nicht mehr
konnten.
Oder es gab Entlassungen
aus dem nichtigsten Anlaß.

Tod und Verklärung
und Verstümmelung:
Sie stellten fest
daß sie nicht mehr gehen konnten
oder sie bekamen plötzlich
Sprachstörungen
oder kriegten das Zittern
oder mußten dauernd blinzeln.
Sie kamen zur Arbeit, halb
betäubt von Beruhigungsmitteln
oder betrunken
oder beides.

Schrecken und Verlust
waren allgegenwärtig
und die Überlebenden
duckten sich auf ihren Hockern
und fragten sich, wer
der nächste sein würde.

Die Aufseher schikanierten uns
und wurden ihrerseits schikaniert
von ihren Vorgesetzten
und die wiederum vom
Postminister, der dauernd
mehr Leistung für weniger
Geld verlangte und
schikaniert wurde von
der Öffentlichkeit
und am Ende war die Ursache
für das Elend jedes einzelnen
die kleine alte Dame

die in ihrem Garten die
Rosen schnitt: Demokratie
in Reinkultur.

Eines Abends fragte ich:
»Wo ist Hodges?«
(Ich weiß nicht warum
aber ich war immer der
letzte, der etwas erfuhr;
vielleicht weil ich
Weißer war und
fast alle anderen
Schwarze.)
Ich bekam keine Antwort.
Hodges war der meist-
gehaßte Aufseher und
obendrein auch noch
Weißer.

Ich fragte noch einmal
und jemand sagte:
»Der wird hier ’ne Weile
nicht mehr aufkreuzen ...«

Nach und nach bekam ich es
schließlich aus ihnen raus:
Hodges war auf dem Weg zu
seinem Wagen auf dem Parkplatz
abgestochen worden.
Und dann wurde so getan
als wüßte jeder, wer es
gewesen war.

»Vielleicht jemand
den ich kenne?«
Ich lächelte.

Es wurde sehr still.
Big George legte seine
Briefe weg und starrte
mich an. Er starrte eine
ganze Weile, dann drehte
er sich um und schob wieder
Briefe in die Fächer.

Und ich sagte:
»Wer wird wohl das
Spiel heut abend
gewinnen?«

»4:2«, sagte jemand
»am Ende vom Vierten ...«

Hodges kam nicht mehr wieder
und bald danach machte
auch ich dort Schluß.

GOODBYE

Goodbye Hemingway goodbye Céline (ihr seid am
gleichen Tag gestorben) goodbye Saroyan goodbye
guter alter Henry Miller goodbye Tennessee
Williams goodbye ihr toten Hunde der Freeways
goodbye all die Liebe die nie klappte goodbye
Ezra es ist immer traurig wenn Menschen etwas
geben und uns genommen werden ich nehme es hin
ich finde mich ab ihr könnt mein Auto haben und
mein Feuerzeug meinen silbernen Trinkbecher und
das Dach das mich die meiste Zeit trocken hielt
goodbye Hemingway goodbye Céline goodbye
Saroyan goodbye alter Henry Miller goodbye Camus
goodbye Gorki goodbye Hochseilartist zu Tode
gestürzt vor teilnahmslosen Gesichtern die
hochschauen dann runter dann weg
sei wütend auf die Sonne, sagte Jeffers, goodbye
Jeffers ich kann nur denken, daß der Tod von Guten
wie Schlechten gleich traurig ist goodbye D. H.
Lawrence ein Goodbye dem Fuchs in meinen
  Träumen
und dem Telefon
es war schwerer als ich dachte
goodbye Two Ton Tony goodbye Fliegerzirkus
ihr habt genug gegeben goodbye Tennessee du
schwuler Alkoholiker und Tablettenschlucker
ich trinke heute abend eine extra Flasche Wein
für dich.

ZWISCHENFALL AN DER TIEFKÜHLTRUHE

Seit Jahren kämpfte er dagegen
an – diese Fixierung auf Frauen
die in Supermärkten sich vornüber
beugten oder nur ihren Einkaufswagen
schoben, der Drang
so eine Arschbacke zu packen,
zu drücken; kaum
etwas Sexuelles
mehr ein abseitiger Scherz
einfach mal was anderes
als das Übliche, mehr
kumpelhaft als aus
triebhaftem Verlangen.
Er wußte nicht, warum er
so veranlagt war
und ihm war durchaus klar
daß das Recht auf eine
unbehelligte Privatsphäre
zu den besseren Errungenschaften
der Zivilisation gehört
doch hier schob er nun wieder
seinen Einkaufswagen und
kam an einer Frau vorbei
die sich über eine Tiefkühl-
truhe beugte
(sie war nicht mal attraktiv –
ihr Hintern hing unter einem
schlottrigen Hauskleid durch)
und er sah, wie seine Hand
sich selbständig machte.

»Da passiert es wieder«,
dachte er.
Die Hand griff an eine Backe
drückte und ließ los ...
es hatte sich angefühlt
wie ein alter Strandball,
lapprig, mit zu wenig
Luft drin.
Im Weitergehen schaute er
zurück und grinste
und die Frau ließ einen
Schrei los, als ginge es
ihr ans Leben.
Im nächsten Augenblick
zeterte sie: *»Der Dreckskerl
hat mich überfallen!«*
Starr und vernichtend zeigte
der Finger am Ende ihres
zitternden rechten Arms
auf ihn.
*»Er hat mir an den
Arsch gelangt!«*

Er sah, wie ein korpulenter Mann
in gelbem Pullover und orange-
farbenen Wanderschuhen auf ihn
zurannte. Das Gesicht des Mannes
war hochrot vor Empörung.
Der Mann kurvte um ihn herum
packte von hinten seinen Arm
drückte ihn hoch, renkte ihm
fast die Schulter aus.
*»Was ist denn mit dir los,
Mensch!«* schrie er.

Der Dicke hatte einen
ekelhaften Körpergeruch.
Es war schlimmer als der
Schmerz in seinem Arm.
Dann, aus dem Nichts tauchte
ein Polizist auf
und er hörte, wie hinter ihm
die Handschellen klickten
er spürte, wie sie ihm gemein
ins Fleisch schnitten
und dann traf ihn ein
Schlag hinters Ohr.
Er wurde durch den Supermarkt
geschleift, hinaus, es ging
schon auf den Abend zu,
und dann wurde er auf den Rücksitz
des Streifenwagens gestoßen.
Durch die Scheiben sahen die
Gesichter der Menge herein
der Polizist vorne gab etwas
über Funk durch, das Blaulicht
rotierte, und da fielen ihm
die letzten Worte von Meg ein:
»Vergiß nicht die Paprika
ich *weiß,* du vergißt
wieder die Paprika …«

WIE KOMMEN DIE NUR AN DEINE GEHEIMNUMMER

Die Hunde der Hölle haben Krallen
wie Katzen, Gesichter wie Frauen
und die Türen der Hölle
sind durchnumeriert und
verkehrt herum eingesetzt
wenn man durch will
muß man auf den Händen gehen
und die Beine benutzen wie
riesige Fühler.
In der Hölle geben sie die Antworten
zuerst
und stellen die Fragen
später.
In der Hölle bist du dauernd verliebt
aber es gibt nichts zu lieben
und etwas haßt dich
aus lauter falschen Gründen.
Die Katzen der Hölle bestehen nur
aus Spundloch
und das ist so vertrocknet
daß sie nicht mal damit
blinzeln können.
In der Hölle herrscht dein Vater
und deine Mutter leckt ihm
die Zehen.
Es wird nie Nacht in dieser Hölle
es ist immer Morgen.

Der verfluchte Wecker rasselt
du stehst auf, und es ist
Morgen. Mehr und mehr

lepröses Licht, wie die schlimmsten
deiner Erinnerungen.
In dieser Hölle gibt es keine Flammen
nur diesen Augenblick: Deine Hände
angenagelt, und von den Nägeln
baumeln deine Eingeweide.
Das Telefon schrillt, du nimmst
den Hörer ab und eine Stimme
spricht durch den Apparat
um 8 Uhr 35:
»Sind Sie Chinaski? Der Dichter?
Wir sind große Verehrer von Ihnen
und möchten gern, daß Sie bei uns
lesen, in unserer Buchhandlung ...
so viel Bier, wie Sie trinken können
und wer weiß, Sie alter Schwerenöter,
vielleicht treiben wir irgendwo
sogar noch was zum Ficken
für Sie auf! ha, ha, ha ...«

DIE ALTE CLIQUE

Natürlich waren wir alle verkorkst
ich dachte dauernd an Selbstmord
drosch aber weiter auf die
Schreibmaschine ein
und auf dem Boden blieb alles liegen:
Hemden, Flaschen, Unterhosen, Handtücher,
Socken, Dosen. Ich lief nackt und
barfuß herum und trat in Glasscherben,
manchmal spürte ich es
manchmal auch nicht.
Ab und zu versuchte ich
ein paar Scherben zu entfernen
aber ich wollte sie nicht alle
rausziehen, denn ich hatte irgendwo
gelesen, die Splitter könnten
durch den Blutkreislauf ins Herz gelangen
und einen killen …

K., mit der ich so halb befreundet war
schaute vorbei, sie kam meistens allein
aber manchmal hatte sie eine dürre
Verrückte namens Sunflower dabei
oder sie brachte ihren Bruder N. mit
und manchmal kamen sie auch zu dritt –
jedenfalls, K. und N. und Sunflower
waren auf Drogen: schwarze Pillen, rote,
gelbe, weiße, Koks … ich hatte einen
Koksdealer, der das Zeug so
fein häckselte, daß einem
vom bloßen Anblick einer Linie
schon schwindlig wurde.

Und während ich auf die Schreibmaschine
eindrosch, war ich auf Scotch
Bier und Wein, und K. und N.
und Sunflower hämmerten meistens
um 4 oder 5 Uhr morgens an meine Tür
aber da war ich eh noch auf
sie waren nicht so sehr Freunde
mehr sowas wie Haie aus der Hölle
aber K. hatte eine gute Figur und
sehr lange rote Haare, und sie
besorgte es mir oft genug
um mich an der Leine zu halten.

Mittlerweile hieb ich weiter
auf die Tasten, hatte etwas Glück
und kam zu Geld, so daß ich mich
aus der Gegend absetzen konnte
in eine Kleinstadt an der Küste.
Dort hackte ich weiter auf der
Maschine herum, und einmal
ging ich auch noch zurück zu K.
die zum Austrocknen bei ihrer Mutter war
und während sie da auf der Bettkante saß
sagte ich: »Zwischen uns ist es aus
und ich weiß gar nicht, wie du mich
so drangekriegt hast ...«

Was für eine Clique waren sie
gewesen. Sie fuhren ihre Wagen
ohne Führerschein, Nummernschilder
und Kfz-Brief, sie brausten einfach
drauflos und warteten auf das
nächste High.

Als ich zuletzt von ihnen hörte
waren sie runter von den Drogen
Sunflower war verschwunden
aber K. und ihr Bruder N.
tauchten kürzlich in einer großen
Illustrierten auf
um nüchtern und als verläßliche
Quellen auszusagen über mein
literarisches und
sonstiges Leben.
Nichts Unfreundliches. Nur
stimmte vieles nicht.
Es ist gut, daß sie nicht an einer
Überdosis gestorben sind
aber ich hoffe, daß es
was mich betrifft
ihr letztes Hurra
gewesen ist
und ich werde von jetzt an
nur noch die Hälfte von dem glauben
was andere Leute
über Schriftsteller
sagen.

NACHRUF AUF EIN FABELHAFTES WEIB

So mancher Hund träumt nachts
im Schlaf bestimmt von Knochen
und ich erinnere mich an deine
als sie noch lebten
am besten in jenem dunkelgrünen
Kleid und den schwarzglänzenden
hochhackigen Schuhen
wenn du betrunken warst
hast du immer geflucht
die Haare hingen dir
strähnig herunter
du wolltest explodieren, raus
aus dem, was dich festhielt:
elende Erinnerungen an
eine elende Vergangenheit.
Am Ende blieb dir, um allem
zu entkommen, nur der Tod
und mich hast du allein gelassen
mit der elenden Gegenwart.
28 Jahre bist du jetzt tot
doch ich habe dich besser
in Erinnerung behalten als alle
die folgten; du warst die einzige
die begriff, wie aussichtslos
das ganze Arrangement des Lebens ist.
Die anderen regten sich nur
über triviale Einzelheiten auf
ärgerten sich sinnlos über
sinnlosen Quatsch.
Jane, du hast
zuviel gewußt. Das

hat dich umgebracht.
Hier, siehst du,
der alte Hund
der auf deine Gebeine
trinkt – er träumt
noch heute von dir.

SCHWEISSTREIBENDE ARBEIT AN EINEM AUGUSTTAG

Halb verhungert
aber ständig blau
hausten wir in einem
billigen Apartment
immer mit der Miete
im Rückstand
außer Ficken gabs
für uns nicht viel
zu tun

und ich mühte
mich ab
pumpte
pumpte
entschlossen
es zu schaffen

bei allem
anderen
hatte ich
versagt

also dachte
ich: bring
wenigstens
das

Ich stöhnte
pumpte
rackerte

fünf Minuten
zehn Minuten
so nahe dran
so kurz davor

alles irgendwie
so lächerlich

und schließlich
spürte ich deutliche
Anzeichen eines
Orgasmus

endlich
ein Sieg

und
genau in dem Augenblick
als es mir kam

rasselte aus un-
erfindlichen Gründen
der Wecker

Lachend und
sprudelnd
wälzte ich mich
von ihr herunter

»Was'n mit
dir los?«
fragte sie
verärgert

das machte es
nur noch
schlimmer

ich lachte und
lachte und sie
rannte ins Badezimmer
und knallte die
Tür zu

ich trocknete
mich am Laken
ab

und der Wecker
stand in aller
Unschuld da und
zeigte 14.30 Uhr
an.

MACHO

Das Telefon klingelt
ich nehme ab
eine Frauenstimme
sagt: »Du bist ein
verklemmter Wichser
das wollte ich dir
nur mal sagen ...«

Sie legt auf.

Angeblich steh ich
nicht im Telefonbuch.

Es läutet
wieder.

»Du hast diesen
Macho-Scheiß
geschrieben
aber wahrscheinlich
bist du schwul
wahrscheinlich
willst du bloß
schwarze Riemen
lutschen!«

Sie legt
auf.

Ich seh mir die Johnny
Carson Show an. Ich
finde ihn komisch
er ist so bieder
in seinem Oberschüler-
Tanzstunden-Anzug.
Er befingert seine
Nase, den Schlips, den
Kragen im Nacken.
Er ist so leicht zu
durchschauen:
Er wünscht sich verzweifelt
so okay zu sein wie
sein Publikum.

Es läutet wieder.

»Du weißt nicht
was eine *richtige*
Frau ist! Wenn du
mal eine treffen würdest
hättest du keine Ahnung
was du mit ihr
anfangen sollst!«

Sie legt
auf.

Carson macht einen
Witz darüber, daß
seine Witze so
schlecht sind
dabei hat er vermutlich

schon mehr Gagschreiber
verbraucht und verheizt
als Bobby Hope.

Dann ist *sie*
wieder dran:
»Warum hörst du mir
eigentlich zu?
Warum legst du nicht auf?«

Ich lege auf
nehme den Hörer
wieder ab und
laß ihn
liegen.

Carson ist mit
seinem Monolog
fertig.
Lächelt.
Leicht verlegen
aber mit sich
zufrieden.
Er macht seinen
kleinen Golfschwinger
und die Werbung
prasselt auf mich
nieder.

Wieder mal so ein
öder Abend in
San Pedro
und meine Diener
Kitcha Kubee

Des Man DeAblo
La Tabala und
Swine Herd Sam
präsentieren ihre
steifen schwarzen
Riemen.

Ich beschließe
mir eine neue Geheim-
nummer geben zu lassen
aber erst mal knipse ich
per Fernbedienung die
Glotze aus
schicke die Jungs mit einer
Handbewegung weg
und nehme mir meinen
Sam Beckett vor
während mein weißer
schielender Kater
mit einem Satz
zu mir aufs
Bett springt.

ANMERKUNG ZU DEN LIEBESBRIEFEN VON BEETHOVEN

Stell dir vor, Ludwig würde
heute leben und in seinem roten
Sportwagen mit runtergeklapptem
Verdeck rumkurven und all die
irren hartgesottenen Flittchen
von den Boulevards auflesen –
wir bekämen Musik, wie wir sie
noch nie gehört haben
und er würde trotzdem nie
seine Unsterbliche Geliebte
finden.

GAR KEIN PROBLEM

Er sitzt da
in seinem Sessel
massig und zufrieden
und erzählt mir
daß er eine Frau und
zwei Kinder verlassen
seinen Namen geändert
und einen neuen Anfang
gemacht hat.

Seine neue Frau
bringt uns die nächsten
zwei Flaschen Bier.

Sie ist schwanger.
Sie haben schon
einen Namen für
das Kind:

Nero.

ETWAS FÜR PA UND MA

Mein Vater las am liebsten
Edgar Allen Poe
und meine Mutter die
›Saturday Evening Post‹
sie starb zuerst
der Priester schwenkte ein
Weihrauchfaß über ihrem Sarg
und mein Vater folgte ihr
ungefähr ein Jahr später
sein Sarg war mit violettem
Samt ausgeschlagen und sein
Gesicht sah aus wie eine
Maske aus vergilbtem Eis.

Mein Vater hatte nie etwas
übrig für die Sachen, die ich
schrieb: »So was will
doch niemand lesen.«

»Ja, Henry«, sagte meine
Mutter, »die Leute wollen
etwas lesen, was ihnen
Freude macht.«

Sie waren meine ersten
Kritiker und sie
hatten beide
recht.

WARUM NICHT SO

Irgendwo, an einem
schattigen Nachmittag
will ich einen Bürgersteig
langgehen
ein Straßencafé finden
mich an einen freien
Tisch setzen
mir was zu trinken bestellen
und dasitzen mit meinem Drink
eine Fliege soll
auf dem Tisch landen
und im Hintergrund soll
jemand lachen.
Dann
will ich eine Frau
in einem grünen Kleid
vorbeigehen sehen
und einen fetten Hund
mit kurzem braunen Fell
und einem Grinsen
in den Augen.
Dort will ich
dann sterben
im Sitzen
mit offenen
Augen.
Ein Flugzeug soll
drüber fliegen
eine Frau in
einem blauen Kleid
soll vorbeikommen

und dann nochmal
der fette Hund mit
dem kurzen braunen Fell
und dem Grinsen
in den Augen.
Das wäre
gut genug
nach all dem
anderen
nach allem
was war.

DER GENTLEMAN UND DER BASTARD

In ihrer guten Zeit
in den fünfziger Jahren
hatten die L. A. Rams
noch so etwas wie Farbe –
jedes Spiel schien sich
erst in letzter Sekunde
zu entscheiden
und regelmäßig vor
100 000 Zuschauern.

Es sah so aus
als würde jedesmal
das Team gewinnen
das zuletzt den
Ball hatte.

Die Rams hatten zwei
hervorragende Außen-
läufer: Tom Fears und
Crazy Legs Hirsch
und zwei riesige
beinharte Stürmer:
Tank Younger und
Deacon Dan Towler

und zwei
Quarterbacks:
Bob Waterfield und
Norm Van Brocklin.

Waterfield
kam von der Uni
war erste Wahl
bekam die gute
Presse.
Er war talentiert
und ein Gentleman
während
Dutch Van Brocklin
der zweite Mann
ein grimmiger Hundsknochen
aus der Provinz war
der für keinen ein
gutes Wort hatte.

Aber wenn das Team
wegen Waterfield
im Rückstand war
kam Dutch heraus
in der Mitte des
dritten Viertels
oder öfter noch
zu Beginn des
vierten

ausgeruht und
finster entschlossen

die Niederlage vor
Augen ging er aufs
Ganze
warf Pässe wie
um sein Leben
diese turmhohen Pässe

die ein ums andere Mal
präzis in den Händen
seiner Außenläufer
landeten
während die letzten
Sekunden tickten

und dann
wenn das gegnerische Team
zurücklief und auf den
Paß nach innen wartete
brachen Younger oder
Towler in der Mitte durch
und mähten die
Angreifer um
als wären sie
Reisstroh.

Dutch riß so manches
Spiel herum
und wenn er den Sieg
nicht schaffte
dann kam er ihm
doch so nah
daß man heulen konnte
vor Wut über diesen
letzten perfekten Paß
der dem Fänger
kurz vor dem Abpfiff
entglitt.

Waterfield oder
Van Brocklin.
Sie nannten es
Die Große Quarterback-
Debatte.

Die Presse war für
Waterfield
doch die Fakten und
das Drama sprachen für
Dutch

ständig war er in
Zeitnot
er fluchte auf seine
Seitenleute, weil sie
Gegner nicht abgeblockt hatten
er fluchte auf die Außenläufer
weil sie nicht schnell genug
in die gegnerische Hälfte
rannten

er war der Kerl von auswärts
der versuchte, den Schlamassel
zu bereinigen
er wollte es hinkriegen
irgendwie
auf Teufel komm raus
und meistens
schaffte er es auch.

Anfang dieses Jahres
lange vor seiner Zeit
ist Waterfield
gestorben

und Dutch
der immer zweiter Mann
geblieben war
starb 90 Tage
später.

Waterfield war ein
sehr guter Spieler
aber für mich
hat es nie eine
Große Quarterback-
Debatte gegeben

ich war mit
ganzem Herzen
für Dutch

und bin seitdem
nie mehr zu einem
Spiel der Rams
gegangen.

EIN SCHLECHTER TAG

Ich setzte mich auf der Tribüne
in die erste Reihe und fing an
meine Zahlen auszuknobeln.
Ein Mann in rotem Hemd und roter Hose
hockte sich zwei Plätze neben mir hin
und fing an, einen Sandwich und
Kartoffelchips zu mampfen.
Ich stand auf und brachte mehrere
Sitze zwischen uns.
Dann hörte ich hinter mir einen sagen:
»Mal sehn, wie viele sind wir ...
sieben, nicht?«
Waren es auch. Frauen, Männer und
Kinder.

Ich ging die Treppe runter.
Unten ging ich ins Klo, fand eine
freie Kabine, verriegelte die Tür,
setzte mich hin und
knobelte weiter an meinen
Zahlen.

Aus der Kabine links von mir
klopfte einer an die Wand:
»He du! ... he! Kumpel!«

»Yeah?« sagte ich.

»Knie dich hin und steck deinen
Schwanz unter der Trennwand durch
dann mach ich dir den besten
Blowjob deines Lebens!«

Ich machte, daß ich rauskam,
ging wieder nach oben, fand einen
freien Platz, setzte mich hin –
und spürte etwas unter meinem
rechten Fuß. Es war ein toter
Zaunkönig. Wieder eine
Erinnerung an den Tod.

Dann die Stimme des Ansagers:
»Ladies and Gentlemen, die Fahne
der Vereinigten Staaten von Amerika!«

Wir standen alle auf.
Die Fahne ging hoch.
Wir setzten uns wieder.

Manchmal ist es auf dem
Rennplatz noch schlimmer
als im Knast.

DIE ENKEL DER DUST BOWL

Die Automobilindustrie stellt die
Fertigung in Kalifornien ein
aber eines der führenden Unternehmen
bietet der arbeitslosen Belegschaft
eine Weiterbeschäftigung in
Oklahoma an. Den Umzug
zahlt die Firma.

Viele Familien machen jetzt
den Treck nach Osten
in langen Konvois
die Autos voll von Kindern
und Hausrat.

In den dreißiger Jahren
sind ihre Großeltern
aus Oklahoma hierher
gekommen

jetzt ziehen die Enkel der
Dust Bowl mit ihrem
kalifornischen Akzent
denselben Weg wieder
zurück.

Die Autos aus Japan
sind kleiner, billiger,
besser.

Es ist wie eine kleine
Revanche für Hiroshima
oder ein japanischer
Horrorfilm mit lauter
amerikanischen Darstellern.

MEIN SCHATTEN

Ich hatte eine Vorliebe für Kneipen-
schlägereien. Ich prügelte mich mit den
stärksten und gemeinsten Kerlen
die ich finden konnte. Die Gäste
hielten es für Mut.

Doch es war etwas anderes. Etwas
das neben mir ging und schlief
und saß. Es aß mit, wenn ich aß
es trank mit, wenn ich trank.
Ich sah es überall: in Brotlaiben,
auf dem Rücken einer Maus, die senkrecht
an einer Mauer hochlief, ich sah es
durch Risse in Jalousien und
in den Körpern schöner Frauen;
ich sah es nie in der Sonne
aber ich sah es im Regen,
an Insekten fiel es mir auf und
ich sah es, wenn ich mit Bus oder
Straßenbahn fuhr;
ich sah es in der Schublade, die ich
aus der Kommode zog
ich sah es in den Gesichtern der
Bosse mit ihren dumpfen Lippen
und schmalen Augenschlitzen: blau,
braun, grün;
ich hörte es im Ticken der Wecker
sah es wie eine Puderschicht auf den
Gesichtern meiner Wirtinnen;
ich sah es auf der Treppe
die von der Kneipe ins Obergeschoß

einer Absteige führte
in Houston, New Orleans, St. Louis
Los Angeles, Frisco;
ich sah es an den Türklinken und
in den Zimmern, wo es auf dem
Bett saß und still wartete ...

Und in irgendeiner Bar
nach stundenlanger Zecherei
sagt jemand: »Hey, Hank
hast du dich schon mal an
Big Eddie versucht?«
Big Eddie bleckt die Zähne
ich sehe es in seinem Grinsen
ich trinke mein Bier aus
nicke ihm zu, stehe auf
gehe durch die Hintertür
gefolgt von Big Eddie und
der ganzen Meute, und draußen
sehe ich es im Mondschein
und in den Backsteinmauern
die Gäste schließen ihre
Wetten ab, ich bin der
Underdog, und als Big Eddie
auf mich losgeht, seh ich es
an seinen Füßen und an den
Knöpfen seines Hemds und
aus weiter Ferne höre ich
einen Trompetenstoß
und es ist so gut und richtig
wie es nur sein kann.

EIN PATRIOT DES LEBENS

Der Alte
von nebenan
ist 83

Old Charlie

auf dem Dach
seiner Garage
weht die
amerikanische
Fahne

seine Frau
schreit ihn an
und nörgelt
an ihm rum

deshalb
hat er seine
eigene Bude

eine Hütte
die er an
die Garage
angebaut hat

CAPTAIN'S
QUARTERS
hat er groß
auf die Tür
gemalt …

Ich habe ein
Problem
also geh ich rüber
zu Old Charlie
und finde ihn
in seinen
CAPTAIN'S
QUARTERS

er ist fast
vollkommen
taub

ich muß
schreien
damit er
mich hört:

»Hey, hast du
mal 'ne Schuster-
ahle für mich?«

»Versuch's
mit meiner
Frau«, sagt er.

Ich brülle
noch mal:

»Ich brauch
'ne Schuster-
ahle!«

»Ach so.« Er
lächelt. »Ich
dachte, du hast
›Hupfdohle‹
gesagt.«

Nein danke
sag ich
das
ist es
nicht
was ich
wollte.

Ich überlasse
ihn wieder
seinen Flügel-
schrauben und
10-Penny-Nägeln
die er ständig
sortiert.

Allerhand
der alte
Charlie.

Keine Hilfe
bei Problemen

aber

einsam
wie der Berg
der aus dem
Meer ragt

drückt er
die schwarzen
Wolken
ein wenig
beiseite.

DIE GIRLS

Drei Tage in der Woche
gingen damit drauf, sie
zu verschiedenen Apotheken
am Hollywood Boulevard zu
fahren.

Keine Ahnung, wie sie zu
ihren Rezepten kamen.
Ob sie's mit ihren Ärzten
trieben oder ob sie jemand
ermordeten – ich weiß es nicht.
Aber sie kriegten sie. Es war
ein einziger Zirkus.

Von der einen kam z. B. ein
Anruf: »Eddie will mir mein
Rezept wegnehmen! Sag ihm
er soll mich in Ruhe lassen!«

Ich ließ mir Eddie geben
und sagte ihm, ich würde ihn
in den Arsch treten. Ich
sei schon unterwegs.

Eddie war ihr Bruder.
Er wohnte dort.

Als ich hinkam
war er fort.

»Er hat das Rezept nicht
gefunden«, sagte sie. »Ich
hatte es im Mund. Beinah
hätt ich es verschluckt ...«

Sie zeigte mir das zerknüllte
nasse Stück Papier, popelte es
auseinander und sagte:
»Auf geht's ...«

Ich weiß nicht, was es mir
bedeutete.
Was ich davon hatte
war meistens dies:
Wenn wir wieder bei mir
zu Hause waren und ich
zu meinen Drinks ein paar
von den Tabletten einwarf
machte ich jedesmal etwas
Idiotisches – ich zerschlug
den Spiegel im Badezimmer
oder ich traktierte den
Couchtisch mit meinem
Fahrtenmesser. Sex war
nicht viel im Spiel, obwohl
die Girls ganz passabel
aussahen.

Es lief darauf hinaus
daß ich die eine oder
die andere um 10.35 Uhr
vor einer Billig-Apotheke
am Hollywood Boulevard aus
dem Auto steigen ließ

dann nach einem Parkplatz
suchte, und später sah ich sie
schwankend auf ihren hohen Absätzen
im Gewühl der Passanten
scheinbar ziellos und weggetreten
doch wenn irgendein Blödmann
sie anmachen wollte, fertigte sie ihn
sehr derb und lautstark ab.

Dann sah sie mich
kam zu mir her
und es folgten wieder
ein Tag und eine Nacht
mit Tabletten und Alkohol –
Aufputschmittel, Tranquilizer
Wodka, Wein, Bier, Brandy, ganz
egal – bis wir restlos zu
und gelähmt waren …

bis zum nächsten
Mal.

DAS FEHLTE NOCH

Ich würde nicht sagen, daß es eine besonders
miese Zeit war, es war eben so eine Phase
und ich versuchte, mich innerlich auf
das meiste einzustellen. Was hieß:
nicht viel zu erwarten und
nicht viel zu bekommen.

Aber krank werden – das ist was anderes.

Ich wohnte in einer billigen Bude
in Hollywood, hatte im Moment nichts
mit Frauen und besorgte mir dauernd
Kokain, fürchterlich verschnittenes Zeug,
das zog ich mir rein, zusätzlich zu
Bier und Scotch.
Ich kriegte Depressionen
kam körperlich auf den Hund
konnte nichts mehr essen.
Es kam soweit, daß ich nur noch Koks
Bier und Scotch konsumierte.

Eines Morgens erwischte es mich …
ich zitterte, hatte Halluzinationen
konnte nicht mal einen Schluck Wasser trinken …
mir war sterbens-
elend.

Die einzigen Freunde, die ich hatte
waren eine Nackttänzerin und ein Typ
der einen Porno-Buchladen hatte.
Sie kamen vorbei.

»Es ist soweit«, sagte ich, »mit mir
gehts zu Ende ...«

»Wir kriegen dich wieder hin«, sagte der
Pornohändler. Er verkaufte mir auch
das gepanschte Kokain. Die Nackttänzerin
lebte mit ihm zusammen.

Als er wiederkam, hatte er eine Flasche
mit so einem rötlichen Zeug drin.
»Nimm das ein«, sagte er.

Das war um die Mittagszeit.

Gegen sechs Uhr abends klingelte
das Telefon. Ich nahm ab.

»Ja?«

»Hank?« Es war der Porno-Typ.

»Ja ...«

»Paß auf, Babs und ich arbeiten heut abend
nicht. Wir gehn in ein Motel mit Sex-Videos
und Spiegeldecken. Einfach relaxen und
ficken ...«

»Viel Glück ...«

»Ich weiß, du bist krank, deshalb
geben wir dir die Nummer vom Motel
dann kannst du uns anrufen, falls was
ist ...«

»Sicher ...«

»Hast du was zum Schreiben?«

»Ja ...«

»Also ...«

Er sagte mir die Nummer.
Ich hatte nichts zum Schreiben.
Konnte mich nicht bewegen.

»Danke«, sagte ich.

Es wurde eine denkwürdige Nacht.
Wenn man sich dem Tod nicht in den Weg stellt
macht er sich nur breit
also stand ich immer auf und
lief herum, stellte das Radio an und aus
betätigte ab und zu die Klosettspülung
drehte sämtliche Wasserhähne auf und wieder zu
knipste die Lichter an und aus
legte mich wieder ins Bett und ruhte mich aus
aber nicht zu lange ...
stand wieder auf, trank einen
Schluck Leitungswasser, setzte mich
auf einen Stuhl, holte eine Handvoll
Münzen aus der Tasche und zählte sie:
25, 26, 27 Cents ...
so machte ich weiter, Wasserhähne auf
und zu, Lichter an und aus, Münzen
zählen, und einmal fand ich es sogar
sinnvoll, einen Schuh parallel
neben den anderen zu stellen ...

während ich meinen Tätigkeiten nachging
fiel mir auf, daß der große Zeiger der Uhr
sich kaum bewegte, es schien immer
3.21 Uhr zu sein, dann
ganz plötzlich, innerhalb einer Minute
sah ich Licht unter den Jalousien
hereinsickern, es wurde Tag
und als ich das sah
fühlte ich mich etwas besser
und legte mich schlafen
platt auf dem Bauch
wie gewöhnlich …

Am nächsten Abend saß ich auf meiner
Couch, trank gerade ein Bier und aß
einen Sandwich, bestehend aus einem
Spiegelei und zwei sehr trockenen Scheiben
Brot, da kamen meine Freunde –
die Nackttänzerin und der Porno-Typ.

»Wie fühlst du dich?« fragte er.

»Es geht. Nur bin ich pleite
und das hier ist mein letztes Bier …«

»Shit, Mann, komm doch zu uns
wir haben alles in rauhen Mengen.«

Es stimmte.
Ein gemütlicher Ort.
Ich blieb bei Bier, abgesehen
von zwei Wodka-Seven und einer
kleinen gelben Pille
sie hatten die Stereo-Anlage an

aber nicht zu laut
und ich blieb sitzen
rauchte zwei Bomber-Joints
und trank 18 oder 19 Flaschen
Bier, bedankte mich und ging
nach Hause.

Am nächsten Morgen kam es
mir nicht hoch, ich stand auf
und nach einem ordentlichen Schiß
nahm ich ein lauwarmes Bad
zog mich an und ging runter zur
Ecke von Hollywood und Western.
Dort warf ich 10 Cents in den Kasten
und nahm mir den ›Herald-Examiner‹
heraus und dachte daran, daß es
vor einigen Jahrzehnten noch zwei
Tageszeitungen in L. A.
gegeben hatte, den ›Herald-Express‹
und den ›Examiner‹, und daß sie es
vorgezogen hatten, zu fusionieren
statt sich gegenseitig den
Garaus zu machen, und während ich
mit der Zeitung nach Hause ging
sagte ich mir, daß ich doch schon
ein recht langes, wenn auch nicht
besonders erhebendes Leben hinter mir
hatte, und dann saß ich mit der
Zeitung auf der Couch und
las, nun wieder ganz fasziniert
von dem, was die
anderen taten.

DER DRANG

Was war ich doch für ein besessener Wicht
als ich mit R. und C. und M. und L.
zusammen war, wir fickten andauernd
es gab Streit und Verdruß und mein Penis
tat weh vom ständigen Ejakulieren
ich saugte an Brüsten
ich duckte mich zwischen Schenkel
ich war mal oben, mal unten
ich konnte mich an die letzten
sieben Mal nicht mehr erinnern.

Ich konnte nicht mehr in einem
Sessel sitzen und ein Bier trinken
ohne Zuckungen zu bekommen
ich setzte mich auf meine Lesebrille
meine Adern bildeten dicke Knoten
an meinen Schläfen
ich bekam Zahnschmerzen
Rückenschmerzen
Kopfschmerzen
ich hatte dauernd einen Platten
ich bekam Verstopfung
ich kämmte mir nicht mehr die Haare
aber ich vögelte drauflos –
manchmal war ich bei ihr
nach unten abgetaucht, und sie
bei mir, und sie sagte:
»Also wenn ichs jetzt mache
dann mußt du ...«

Dauernd stand ich mit nassen
Waschlappen in Badezimmern rum.
Den Schmutzring in meiner Kloschüssel
konnte ich nicht wegschrubben
aber ficken und mich herumbalgen
mit R. und C. und M. und L.

Sie drohten ständig, mich zu verlassen
und ich wurde einfach nicht schlau
aus ihnen.

Ich taugte nicht für einen Kampf mit Frauen
ich war zu ernst, und sie waren
zu gut darin, sie waren
raffinierter als ich
und ich fühlte mich immer
elender. Je mehr ich mit ihnen
fickte und focht, desto
schlimmer wurde es.

Ich wurde total unfähig
konnte nicht mehr den Türsummer betätigen
den Telefonhörer abnehmen
mein Bett blieb ungemacht
ich konnte mich nicht rasieren
oder mir die Zähne putzen
ich bekam MAHNUNGEN von
der Telefongesellschaft
von den Stadtwerken
vom Finanzamt.
An den Antrag auf eine neue
Vignette für mein Nummernschild
dachte ich zwar, aber als sie kam
verlor ich sie prompt …

Beim Ficken jedoch ließ ich
nicht nach. Ich entlockte
R. und C. und M. und L.
einige Seufzer, die echt klangen
ohne aber je zu fragen
ob es ihnen gekommen war.
Mir kam es, weiß Gott,
in einer Tour.
Die Haut meines Penis
war wundgescheuert und
brannte. Nein, sagte der
Arzt, keine Geschlechtskrankheit,
aber: »Mein Gott, gönnen Sie
dem Ding mal ein Jahr Pause.
Suchen Sie sich ein anderes
Hobby.«

Doch ich machte weiter.

Ich lachte, ohne daß mir
danach war, ich bekam Magenkrämpfe
und alterte in sechs Monaten
um fünf Jahre
aber meine Eifersucht verzehrte mich
meine Phantasien rotierten
gegen den Uhrzeigersinn
in meinem Hirn
ich fuhr wie eine gesengte Sau
verlor Jobs, fand neue, verlor auch die.
Ich trank und qualmte unablässig
litt an Schlaflosigkeit
und von den Handrücken
ging mir die Haut ab
ich hatte keinen Appetit

aber ich vögelte weiter und
wußte nicht, wie ich da
rauskommen sollte.
Eingeklemmt
zwischen Beinen, die sich
zur Decke reckten,
ein Mann
der es tat,
wieder und wieder und wieder –
Bettlaken, Bettgestelle, Vorhänge
Jalousien, Kopfkissen, Titten
Brüste, Hintern – manchmal ein
Hauch von Liebe, und immer
der Geruch von Sex
mit R. und C. und M. und L.

Doch in Augenblicken der
größten Leidenschaft
wünschte ich mir oft
wieder der einsame Kerl zu sein
der mit einer Tüte Popcorn
in Kino saß, umgeben
von verliebten
Pärchen.

NACKT BEI 33 GRAD

Ein HEISSER Abend
an dem meine einzige
Beschäftigung ist
nach kleinen INSEKTEN
zu schlagen und an
die atomaren ARSENALE
zu denken

neue unheilbare KRANKHEITEN
die sogar SEX inzwischen
LEBENSGEFÄHRLICH machen

auch du mußt jetzt
darauf gefaßt sein
für deine LIEBE
zu STERBEN

mehr und mehr
sieht es danach aus
als würden wir nur noch
herumsitzen und WARTEN
auf NICHTS

heute muß man
darauf gefaßt sein
für NICHTS
zu
STERBEN

die Gefängnisse und
Irrenanstalten
sind
VOLL
aber es herrscht
keine
PANIK

nicht einmal
hier

ich klatsche ein
surrendes Insekt tot
während der Turm
von Pisa
sich MEHR und
MEHR neigt

an diesem HEISSEN
Abend
in diesem HEISSEN
Zimmer
wo ich an
ZIGARETTEN
ziehe und
zu FAUL bin
zum PISSEN
ist es zu spät
für SORGEN
wir haben
nicht einmal
genug PHANTASIE
um zu
SCHREIEN.

FAST

In dem
besten Traum
den ich je
hatte
konnte ich
fliegen

Ich flog über
Felder und
kahle braune
Hügel
und
unter mir
liefen Männer
Frauen und
Kinder

Auf einmal
ließ meine
Flugtüchtigkeit
nach
der Mechanismus
versagte
ich begann zu
sinken und
trudelte langsam
auf sie herunter

Sie reckten die
Hände und wollten
mich festhalten

aber durch schiere
verbiesterte
Willenskraft
gelang es mir
wieder zu steigen
und ihrer Reichweite
zu entkommen

Jetzt
wurde es
leichter und
leichter
ich flog hoch
und höher
durch die
Wolken und
hinaus ins
Licht der
Sonne

Als ich aufwachte
lag ich auf
dem Boden
der Ausnüchterungs-
zelle im alten
Lincoln-Heights-Gefängnis
in der North Avenue
Nr. 21
und hatte nicht nur
keine Flügel
sondern auch
nichts mehr in
den Taschen
nur noch die

Quittung dafür
und in der Ecke
kotzte jemand
in die
Toilette.

Vielleicht
würde ich
ein andermal
ein Engel
sein.

RÄTSEL

Mein Nachbar ist ein netter Mensch, aber er
gibt mir nichts als Rätsel auf:
er steht in aller Herrgottsfrühe auf
und geht zur Arbeit
seine Frau arbeitet auch
sie haben zwei reizende Kinder;
am Abend kommt er nach Hause
manchmal sehe ich die Kinder und
kurz auch mal die Frau;
spätestens um neun sind im ganzen Haus
die Lichter aus.
So geht das, Tag für Tag.
Er ist Anfang dreißig und
scheint ein ganz intelligenter
Mensch zu sein.
Ich sehe nur eine Erklärung:
seine Arbeit
macht ihm Spaß
und er glaubt
an Gott
Sex
und Familie.

Ich weiß nicht warum
aber ich erwarte dauernd
daß da drüben plötzlich Fensterscheiben klirren
und daß ich Schreie höre, unflätige Ausdrücke;
daß um drei Uhr früh das Licht angeht
und Flaschen durch die Gegend fliegen;

doch seit fünf Jahren
ist sein Tagesablauf
immer der gleiche.

Deshalb sorge ich
an seiner Stelle für
diese anderen Dinge
für die seine Frau anscheinend
nichts übrig hat:
»Hank, ich hätte schon so oft
die Polizei rufen können
aber ich hab es nicht
getan.«

Manchmal möchte ich
denen die Polizei auf den
Hals hetzen.
Aber ich glaube nicht
daß die Jungs meine Beschwerde
verstehen würden.

Sie würden dastehen
in Dunkelblau, mit weißen Gesichtern
während das Blaulicht rotiert:

»Sir, was diese
Leute tun
ist nicht
verboten ...«

BIG JOHN AUS ECHO PARK

Seine Frau ging arbeiten und
bezahlte ihm seine Tabletten
und er saß im großen Lehnstuhl
mit seinen einsfünfundachtzig
und 110 Kilo – und mit knapp
zwei Tonnen Schrott, die aufs
ganze Haus verteilt waren.
Er sammelte den Kram
und es wurde immer mehr:
fast jeden Abend, wenn er
high war, durchsuchte er die
Hinterhöfe und Mülltonnen
der Nachbarschaft.

Ich saß oft bei ihm
und wir warfen Pillen ein
mitten am Nachmittag
während alle anderen
schufteten.

Er hatte wirklich
brillante Einfälle.
Einmal half ich ihm
das schmutzige Geschirr
von zwei Wochen raustragen
wir verteilten es im Hof
und er spülte es
mit dem Gartenschlauch ab.

Wir schluckten
die Pillen und
redeten stunden-
und tagelang
und er nahm alles auf
Band auf, größtenteils
wertloses Gelaber, das
meiste von
mir.

Neulich sah ich
ihn wieder, und er
war so gut beieinander
wie eh und je.
Dreißig Jahre nichts mehr
gearbeitet, nicht einmal
an der Schreibmaschine:
dieselben 22 Seiten
– starke Texte, vielleicht
sogar große Literatur –
immer wieder in Zeitschriften
abgedruckt und bei seinen
Lesungen auswendig vorgetragen.

Er weiß, daß Ehrgeiz
purer Unfug ist
und er kann darauf
verweisen, daß es
im Laufe der Jahrzehnte
alle zerstört hat
die wir einmal
kannten.

Ich erkundigte mich
nach seiner Frau.
»Immer noch mit
Sally zusammen?«

»Shit«, sagte er,
»glaubst du, so einen
Fang laß ich je
wieder sausen?«

Er hat es schon immer
verstanden, jede Unterhaltung
elegant zu meistern.

Viele von uns
in dieser mistigen
Branche
können froh sein
daß er einfach
keine Lust hat
groß was zu
schreiben.

LOVE

Ich beantworte einen Brief von
jemand aus Alaska, im Radio
bringen sie seit einer Weile
eine New-Wave-Gruppe, und beim
Zuhören habe ich festgestellt:
das häufigste Wort in ihren
Songs ist
»Love«.

Der Mensch in Alaska ist jung
aber todkrank, er denkt an
Selbstmord und möchte wissen
wie ich dazu stehe, er will
eine Antwort, er muß eine haben
und es ist schwer, diesen
Brief zu schreiben
während der Boy im Radio
gerade singt: »Wenn du mich
jetzt im Stich läßt, Baby,
ist es aus mit mir ...«

Ich suche einen anderen Sender
erwische klassische Musik
da klingelt das Telefon.
Es klingelt und klingelt
an einem heißen Abend
im Juli.

Nichts geht, wie es soll
es geht immer, wie es muß
und ich greife zum Telefon

während Atomraketen auf
Schienensträngen unter der Erde
ständig hin und her
gefahren werden, damit
der Feind sie nicht orten
kann …

Ich nehme den Hörer ab
sage »hallo« und
warte.

SCHON KOMISCH

Manchmal mögen sie dich aus dem
falschen Grund oder hassen dich
aus dem falschen Grund, oder sie
streichen etwas heraus, was gar nicht
dein Verdienst ist.
Ich lebte mal mit einer Frau zusammen
die sagte, so ein Witzbold wie ich
sei ihr noch nie begegnet.
Sie lachte oft, wenn ich
was Ernstes sagte.
»Oh«, kicherte sie, »du solltest
ins Show Business!«
Aber wenn ich witzig sein *wollte*
sagte sie jedesmal:
»Was willst du denn damit
sagen? Das ist nicht
witzig.«

Irgendwann kam ich darauf:
Die Wahrheit ist das Witzigste
was es gibt
weil sie so selten ausgesprochen wird
und wenn man sie hört
ist man so verblüfft, daß man
lachen muß.
Wenn man dagegen witzig sein will
treibt man die Wahrheit oft auf die Spitze
und das ist dann gar nicht mehr
zum Lachen ...

Na gut, die Frau und ich,
wir trennten uns schließlich
und die nächste sagte nie
ob sie mich witzig fand
oder nicht; sie knipste
einfach den Fernseher an
und lachte mit der Lachspur
mit, während ich erniedrigt
und deprimiert dabeisaß.

EIN FETZEN GRÜN

In den Südstaaten, in öden Städten
stand ich betrunken vor gesprungenen
Badezimmerspiegeln und hielt mir grinsend
ein Küchenmesser an die Halsschlagader.
Dort begriff ich zum ersten Mal
daß Theatralik ein prima Ersatz
für Handeln ist:
der Unterschied zwischen Handeln und
So-tun-als-ob
schrumpft auf die hauchdünne
Linie einer Wahl
zwischen nichts und
wieder nichts.

Dann am nächsten Morgen aufwachen
und einen Arbeitsplatz vorfinden
wo die Kollegen alles akzeptieren
außer dem Traum vom
Entkommen.
Es gab so viele
dieser Orte.
In einer Stadt in Louisiana
hatte ich einen Job, den ich
jeden Abend müde und abgestumpft
verließ, um mir in der Nacht wieder
ein Glas nach dem anderen
reinzuschütten und aus dem
Fenster zu starren in Gedanken
an eine junge Kollegin am
Fließband, die ein schlecht-
sitzendes grünes Kleid trug und

ständig auf so gut wie alles
fluchte.
Ich wollte nur einmal mit ihr
ins Bett und dann aus der
Stadt verschwinden.

Es reichte nur zum Verschwinden
aus der Stadt, d. h. ich tauschte
eine Ode gegen eine andere ein,
und wenn sie noch am Leben ist
stelle ich mir vor, daß sie
immer noch auf etwas flucht
doch ich halte mir heute nicht mehr
das Küchenmesser an die Halsschlagader –
das Ende kommt
allmählich
ganz von
selbst.

EINS FÜR DEN ALTEN KUMPEL

Er war nur ein
Kater –
schielend
schmutzig-weißes Fell
blaßblaue Augen.

Ich will euch mit seiner Geschichte
nicht langweilen.
Nur soviel:
er hatte eine Menge Pech
und er war ein guter
alter Kerl
und starb
wie Menschen sterben
wie Elefanten sterben
wie Ratten und Blumen
sterben
wie Wasser verdunstet
und Wind aufhört
zu wehen.

Seine Lunge versagte
letzten Montag.
Jetzt liegt er unter
den Heckenrosen und
ich habe in mir einen
schmetternden Triumphmarsch
für ihn vernommen
und ich weiß:

nicht viele
aber manche von euch
wüßten gern
mehr darüber.

Das ist
alles.

SENIORENTELLER IM SIZZLER

Täglich von 14 bis 17 Uhr und
ganztägig jeden Sonntag und Mittwoch
gibt's 20% Ermäßigung für uns alte Hunde
am Abend des Lebens.
Seltsam, alt zu sein und sich
nicht alt zu fühlen
doch wenn ich in den Spiegel schaue
und die silbernen Fäden im Haar sehe
muß ich zugeben, daß ich bei einem
Rock-Konzert fehl am Platz wäre.

Ich esse allein.
Die anderen Oldies leisten sich Gesellschaft:
ein Mann und eine Frau
eine Frau und eine Frau
drei alte Frauen
nochmal ein Mann und
eine Frau.
Es ist Dienstag, 16.30 Uhr
und nur fünf oder sechs Ecken weiter
ist der Friedhof
an einem grünen, leicht ansteigenden Hang
mit flachen Steinplatten
auf den Gräbern – das
macht sich schöner
von der Straße aus.

Eine junge Kellnerin
geht zwischen uns durch
und füllt uns wunderbar
giftiges Koffein in die
Tassen nach.

Wir danken ihr und
kauen weiter, manche noch
mit ihren eigenen
Zähnen.

Wir hätten in einem
Atomkrieg nicht viel
zu verlieren.

Ein guter alter Boy
redet und redet
und weiß nicht recht
wovon.

Na schön, ich beende
meine Mahlzeit und lasse
ein Trinkgeld liegen.
Ich habe den Tisch
neben dem Ausgang.
Als ich aufstehen will
wird mir der Weg versperrt
von einem alten Girl in einem
vierbeinigen Rohrgestell
und einem weiteren alten Girl
mit bogenförmig gekrümmtem
Rücken.

Die Haut ihrer Gesichter, Arme
und Hände sieht aus wie Pergament.
Es ist, als wären sie schon
eine ganze Weile einbalsamiert.
Still gehen sie hinaus.

Bei meinem zweiten Versuch
werde ich erneut blockiert
diesmal von einem gewaltigen
Rollstuhl mit weit nach hinten
geklappter Rückenlehne – fast
wie ein Bett – ein sehr
teurer Apparat, ein beklemmend
eindrucksvolles Behältnis,
chromglitzernd, mit dicker
Luftbereifung. Die Lady
im Rollstuhl und die Lady
die sie schiebt
sehen sich ähnlich
zweifellos sind es Schwestern
und die eine hat das große Los
gezogen und darf fahren.
Sie kommen an mir vorbei
und auch sie sind sehr *weiß*.

Jetzt stehe ich auf
schaffe den Ausgang
trete ins gleißende Sonnenlicht
erreiche den Wagen
steige ein
jage den Motor hoch
dresche den Rückwärtsgang rein
setze mit quietschenden Reifen
ein Stück zurück

komme mit einem wüsten Ruck
zum Stehen
reiße das Lenkrad nach rechts
gebe Gas
schalte vom ersten in den
zweiten Gang
schieße in eine Lücke
im Verkehr
hoch in den dritten Gang, den
vierten
im Nu bin ich auf 80
und pese die Überholspur
lang.
Läßt sich der Lauf
des Schicksals wenden?
Ich zünde mir eine
Zigarette an
schalte das
Radio ein, und
ein junges Mädchen singt:
»Tu mir weh, Daddy – mach
daß ich dich liebe ...«

Die Girls im grünen Hotel

Pacific Telephone

Die letzte Generation